KLASSIKERFÖRLAGET

www.klassikerforlaget.com

HERR ARNES PENNINGAR
KÖRKARLEN

Selma Lagerlöf

KLASSIKERFÖRLAGET

Böcker i denna pocketserie:
Almqvist, Carl Jonas Love – Det går an
Austen, Jane - Stolthet och fördom
Benedictsson, Victoria – Från Skåne
Bergman, Hjalmar – Hans nåds testamente
Bergman, Hjalmar – Markurells i Wadköping
Defoe, Daniel - Robinson Crusoe
Lagerlöf, Selma – Anna Svärd
Lagerlöf, Selma – Charlotte Löwensköld
Lagerlöf, Selma – Herr Arnes penningar / Körkarlen
Lagerlöf, Selma – Kejsarn av Portugallien
Lagerlöf, Selma – Löwensköldska ringen
Lagerlöf, Selma – Nils Holgerssons underbara resa genom Sverige
London, Jack - Skriet från vildmarken
Rydberg, Viktor – Singoalla
Strindberg, August – Fadren / Spöksonaten
Strindberg, August – Fröken Julie / De lycksaliges ö
Strindberg, August – Hemsöborna
Strindberg, August – Inferno
Strindberg, August – Röda rummet
Svenska Diktare
Söderberg, Hjalmar – Doktor Glas
Söderberg, Hjalmar – Martin Bircks ungdom
Voltaire, François – Candide
Zola, Émile – Thérèse Raquin

Inbunden klassikerserie:
Bergman, Hjalmar – Markurells i Wadköping
Defoe, Daniel – Robinson Crusoe
Dumas, Alexandre – De tre musketörerna
Rydberg, Viktor – Singoalla
Voltaire, François – Candide
Zola, Émile – Thérèse Raquin

HERR ARNES PENNINGAR / KÖRKARLEN

Omslag & Illustration: Magnus Norberg / Discipline Studio
Typografi: Klassikerförlaget Steniq AB

Pocketutgåva 2012, Andra tryckningen
Nørhaven A/S, Danmark 2019

ISBN 978-91-88680-31-0
www.klassikerforlaget.com

HERR ARNES PENNINGAR

I SOLBERGA PRÄSTGÅRD

I

På den tiden, då kung Fredrik den andre av Danmark regerade över Bohuslän, bodde i Marstrand en fattig fiskmånglare, som hette Torarin. Han var en svag och ringa man. Hans ena arm var lam, så att han dugde varken till fiske eller rodd. Han kunde inte vinna sitt uppehälle på sjön som alla andra skärgårdskarlar, utan han for omkring och sålde saltad och torkad fisk till folk på landbacken. Han var inte hemma många dagar på året, han reste jämt från by till by med sitt fisklass.

En februaridag, då det led mot skymningen, kom Torarin åkande på vägen, som från Kungshäll ledde upp till Solberga socken. Det var alldeles ödsligt och folktomt på vägen, men Torarin behövde inte därför hålla sig tyst. Han hade bredvid sig på lasset en fullgod vän, med vilken han kunde språka. Det var en liten svart hund med yvig päls, som Torarin kallade Grim. Han låg mestadels stilla med huvudet nedtryckt mellan benen och bara blinkade åt allt, vad husbonden sade. Men om han fick höra något, som inte behagade honom, så reste han sig upp på lasset, satte nosen i vädret och tjöt värre än en ulv.

- Nu ska jag berätta för dig, Grim, min hund, sade Torarin, att i dag har jag fått höra stora nyheter. Både i Kungshäll och i Kareby talade de om för mig, att havet hade frusit. Det har varit vackert och lugnt väder nu en tid, det vet du bäst, som har varit ute alla dagar, och havet lär ha lagt sig inte bara i vikar och sund, utan långt utåt Kattegatt. Det finns ingen väg för båtar och skepp nu mellan holmarna, det är bara stark, hård is överallt, så att man kör med häst och släde ända ut till Marstrand och Paternosterskären.

Allt detta hörde hunden, och det tycktes inte misshaga honom. Han låg stilla och blinkade åt Torarin.

- Vi har inte synnerligt mycket fisk kvar här på lasset, sade Torarin liksom övertalande. Vad skulle du säga om att vika av vid nästa vägskäl och fara väster ut mot havet? Vi far förbi Solberga kyrka och ner på Ödsmålskil, och sedan tror jag inte att det är stort mer än fem fjärdingars väg till Marstrand. Det vore en stor sak att kunna komma hem en gång utan att behöva begagna varken båt eller färja.

De åkte fram över den långa Kareby hed, och fastän det hade varit lugnt väder hela dagen, kom ett kallt drag strykande fram över heden och gjorde färden obehaglig.

- Det kan synas vekligt att fara hem så här mitt i bästa arbetstiden, sade Torarin och slog ut med armarna för köldens skull. Men vi har dock legat ute på vägen flera veckor, du och jag, och kan väl behöva att få sitta hemma ett par dagar och smälta kylan ur kroppen.

Då hunden alltjämt låg stilla, tycktes Torarin bli mer säker på sin sak, och han fortfor i glättigare ton:

- Nu har mor suttit ensam hemma i stugan i flera dagar. Hon längtar nog efter att få träffa oss. Och i Marstrand går det präktigt till nu på vintern. Gator och gränder, Grim, är fulla av främmande fiskare och köpmän. I sjöbodarna hålls det dans varje kväll. Och så mycket öl, som flödar på krogen! Det kan du aldrig begripa.

När Torarin sade detta, böjde han sig ner över hunden för att se efter om han hörde på.

Men då hunden låg där alldeles vaken och inte gjorde något tecken till missnöje, vek Torarin av på första väg, som ledde väster ut mot havet. Han klatschade till hästen med tömlyckan och lät det gå raskt undan.

- Eftersom vi far förbi Solberga prästgård, sade Torarin, ska jag ändå ta in där och fråga om det är säkert, att isen bär ända ut till Marstrand. Där måtte de väl ha reda på den saken.

Torarin hade sagt detta med låg röst utan att tänka på om hunden hörde honom eller inte. Men knappt voro orden sagda, förrän hunden reste sig på lasset och upphävde ett förfärligt tjut.

Hästen gjorde ett språng åt sidan, och även Torarin blev skrämd och vände sig om för att se om det kom ulvar jagande efter honom. Men när han fann, att det var Grim, som tjöt, försökte han lugna honom.

- Käre, sade han till honom, hur många gånger har inte du och jag åkt in på Solberga prästgård! Inte vet jag om herr Arne har någon reda på hur det är med isen, men det är jag viss om, att han ger oss en god kvällsvard, innan vi ska börja vår sjöresa.

Men hans ord kunde inte lugna hunden. Han satte upp nosen och tjöt allt hiskligare.

Då var det inte långtifrån, att Torarin kände sig hemsk till mods. Det hade nu blivit nästan mörkt, men Torarin kunde dock se Solberga kyrka och den vida slätten däromkring, som låg skyddad av breda skogshöjder åt landsidan och av runda, skoglösa klippkullar åt havet till. Där han åkte fram alldeles ensam på den vida, vita slätten, tyckte han sig vara ett ringa och litet kryp, men från de mörka skogarna och de ödsliga bergkullarna ryckte det ut stora odjur och troll av alla slag, som vågade sig ner på öppen mark, sedan det hade blivit mörkt. Och på hela slätten fanns ingen annan, som de kunde kasta sig över, än den fattige Torarin.

Men på samma gång försökte han att tysta på hunden.

- Käre, vad har du emot herr Arne? Han är den rikaste man i landet. Han är högättad, och om han inte hade varit präst, skulle han ha blivit en stor hövding.

Men inte kunde han med detta få hunden att tiga. Då brast Torarins tålamod, så att han tog hunden vid nackskinnet och kastade honom ner från lasset.

Hunden följde inte efter honom, då han for vidare, utan stod stilla på vägen och tjöt, ända tills Torarin körde genom ett mörkt portvalv och kom in på prästboställets gård, vilken var omgiven av fyra långa längor av låga trähus.

II

I Solberga prästgård satt prästen, herr Arne, och åt aftonvard i kretsen av allt sitt husfolk. Det var ingen främmande närvarande utom Torarin.

Prästen var en gammal, vithårig man, men han var dock ännu kraftig och reslig. Han hade sin hustru sittande bredvid sig. Henne hade åren farit illa med. Hennes huvud och händer skälvde, och hon var nästan döv. På andra sidan om herr Arne satt hjälpprästen. Han var ung och blek och hade ett bekymrat utseende, som om han inte hade kunnat bära all den lärdom han hade insamlat under studieåret i Wittenberg.

Dessa tre sutto överst vid bordet liksom en smula för sig själva. Nedom dem satt Torarin och sedan tjänarna. Dessa voro också gammalt folk. Det fanns tre drängar, de voro kala i huvudet, ryggarna voro böjda och ögonen blinkade och runno. Pigorna voro inte flera än två. De voro något yngre och raskare än drängarna, men de tycktes dock bräckliga och fulla av ålderdomskrämpor.

Allra längst nere vid bordet sutto två barn. Det ena var herr Arnes sondotter, hon var inte mer än fjorton år. Hon var ljushårig och spädlemmad, ansiktet var inte färdigt än, men hon såg ut att kunna bli fager. Hon hade en annan liten jungfru bredvid sig. Det var en fattig, som var fader- och moderlös och alltid levde i prästgården. De båda sutto tätt intill varandra på bänken, och det såg ut att råda stor vänskap mellan dem.

Alla dessa sutto och åto under djupaste tystnad. Torarin såg från den ene till den andre, men ingen hade lust att tala under måltiden. Alla de gamla tänkte för sig själva: "Det är en stor sak att få mat och inte behöva lida nöd eller svälta, som vi har gjort många gånger under vår levnad. Medan vi äter, bör vi inte tänka på annat än att tacka Gud för hans godhet."

Då Torarin inte hade någon att tala med, vandrade hans blickar uppåt och nedåt rummet. Han kastade ögonen från den stora ugnen, som var uppmurad i många avsatser nere vid ingångsdörren, till den höga himmelssängen, som stod i bortersta hörnet av rummet. Han blickade från de väggfasta bänkarna, som löpte runtom rummet, upp till vindhålet i taket, genom vilket röken drog ut och vinterkölden strömmade in.

När Torarin fiskmånglare, som bodde i den minsta och fattigaste stuga i skärgården, såg på allt detta, tänkte han: "Om jag vore en storman som herr Arne, skulle jag inte nöja mig med att bo i en urgammal stuga med bara ett rum. Jag skulle bygga mig hus med höga gavlar och många rum, såsom borgmästarna och rådmännen gör inne i Marstrand."

Men oftast kastade Torarin sina blickar till en stor kista av ek, som stod vid foten av himmelssängen. Han såg så ofta på den, därför att han visste, att herr Arne i den förvarade alla sina silverpengar, och han hade hört, att de voro så många, att de fyllde kistan ända upp till randen.

Och Torarin, som var så fattig, att han nästan aldrig hade en silverslant i sin ficka, sade till sig själv: "Jag ville ändå inte ha de där pengarna. De säger, att herr Arne har tagit dem ur de stora klostren, som fanns här i landet förr i världen, och att de gamla munkarna har spått, att dessa pengarna ska bringa honom hans olycka."

Just som Torarin satt med dessa tankar, såg han den gamla husmodern sätta upp handen till örat för att höra bättre. Därpå vände hon sig till herr Arne och frågade honom:

- Varför slipar de knivar på Branehög?

Det var en så stor tystnad i rummet, att då den gamla kvinnan frågade detta, ryckte alla till och blickade skrämda upp. När de sågo, att hon satt och lyssnade efter något, höllo de sina skedar stilla och ansträngde sig för att höra.

Det var alldeles dödstyst i stugan en stund, men därunder blev den gamla allt mer och mer orolig. Hon lade handen på herr Arnes arm och frågade honom:

- Jag vet inte varför de i denna kväll slipar så långa knivar på Branehög.

Torarin såg, att herr Arne strök henne över handen för att lugna henne. Men han brydde sig inte om att svara, utan han åt lugnt som förut.

Den gamla kvinnan fortfor att sitta och lyssna. Hon fick tårar i ögonen av förfäran, och hennes händer och huvud skälvde allt häftigare.

Då började de båda små jungfrurna, som sutto vid bordsändan, att gråta av ängslan.

- Kan ni inte höra hur det skrapar och filar? frågade den gamla. Kan ni inte höra hur det väser och gnisslar?

Herr Arne satt stilla och strök sin hustru över handen. Så länge som han teg, vågade ingen annan yttra ett ord.

Men alla trodde, att den gamla husmodern hörde något, som var förfärligt och olycksbringande. Alla kände, att blodet stelnade i deras ådror. Det var ingen vid bordet, som förde en bit mat till munnen, utom den gamle herr Arne själv.

De tänkte på att den gamla husmodern var den, som i många år hade dragit omsorg om hemmet. Hon hade alltid stannat hemma vid gården och med klokhet och ömhet vakat över barn och tjänare, över gods och boskap, så att allt hade frodats. Nu var hon utnött och utgammal, men det var dock troligt, att hon före någon annan skulle märka om en fara hotade gården.

Den gamla kvinnan blev allt mer och mer förskrämd. Hon knäppte sina händer, och i sin hjälplöshet började hon gråta så svårt, att tårarna föllo stora ner för de skrumpna kinderna.

- Spörjer du intet därom, Arne Arneson, att jag är så rädd? klagade hon.

Herr Arne lutade sig nu ner till henne och sade:

- Jag vet inte vad det är, som skrämmer dig.

- Jag är rädd för de långa knivarna, som de slipar på Branehög, sade hon.

- Hur kan du höra, att de slipar knivar på Branehög? sade herr Arne och log. Den gården ligger ju en fjärdingsväg härifrån. Ta du åter skeden i hand och låt oss sluta vår aftonvard!

Den gamla försökte att kuva sin förfäran. Hon tog sin sked och förde den till mjölkskålen, men därvid darrade handen så, att alla hörde hur skeden slamrade mot kanten. Hon lade genast ner den tillbaka.

- Hur kan jag äta? sade hon. Hör jag inte hur det gnisslar? Hör jag inte hur det filar?

I detsamma sköt herr Arne från sig mjölkskålen och knäppte sina händer. Alla de andra gjorde detsamma, och hjälpprästen började läsa bordsbönen.

När denna var slutad, såg herr Arne ner på dem, som sutto utmed bordet, och då han märkte, att de voro bleka och förskrämda, vredgades han.

Han började tala med dem om de tider, då han nyss hade kommit till Bohuslän för att predika den lutherska läran. Då hade han och hans tjänare måst fly för de påviska som jagade vilddjur.

- Har vi inte sett fiender ligga i bakhåll för oss, när vi drog till Guds hus? Har vi inte varit bortdrivna ur prästgården, och har vi inte måst dra till skogen som fredlösa? Anstår det oss att bli över oss givna och förlora modet för ett ont varsel?

När herr Arne talade, såg han ut som en kämpe, och de andra fingo nytt mod vid att höra honom.

"Det är ju sant", tänkte de. "Gud har skyddat herr Arne i de största faror. Han håller sin hand över honom. Han låter inte sin tjänare förgås."

III

Så snart som Torarin for ut på vägen, kom hans hund Grim emot honom och hoppade upp på lasset. Då Torarin såg, att hunden väntade utanför prästgården, blev han orolig på nytt.

- Käre, varför står du här i porten hela kvällen? Varför går du inte in i stugan och får dig kvällsvard? sade han till hunden. Kan något ont förestå herr Arne? Det är törhända sista gången jag har sett honom. Men även en sådan kämpe som han måste väl en gång dö. Han är ju nära nittio år gammal.

Han styrde hästen in på en väg, som förbi gården Branehög förde ner på Ödsmålskil.

När han kom fram till Branehög, såg han, att där stodo slädar på gården och att ljussken gled ut genom de förstängda gluggarna i väggen.

Då sade Torarin till Grim:

- Här är folk ännu uppe. Jag vill köra in och fråga om de i kväll har slipat knivar här på gården.

Han körde in på gårdsplanen, men när han öppnade dörren till stugan, såg han, att där inne hölls gästabud. På bänkarna längs med väggarna sutto gamla karlar och drucko öl, och på golvet gingo de unga och lekte och sjöngo.

Torarin såg genast, att ingen här tänkte på att göra sina vapen i ordning till att utföra blodsdåd. Han slog igen dörren och ville gå sin väg, men värden kom efter honom. Han bad Torarin, att han skulle stanna, då han nu en gång var ditkommen, och drog in honom i stugan.

Torarin satt en god stund i stor trevnad och språkade med bönderna. De voro mycket uppspelta, och Torarin var glad att få slå alla mörka tankar bort ur hågen.

Men Torarin var inte den ende, som kom sent på gästabudet den kvällen. Långt efteråt stego en man och en kvinna in genom dörren. De voro torftigt klädda, och de dröjde försagda i hörnet mellan dörren och spisen.

Värden gick genast ner till de båda gästerna. Han tog en vid vardera handen och förde dem upp i stugan. Därpå sade han till de andra:

- Är det inte sant, som det sägs, att de, som har kortaste vägen, kommer senast fram? Detta är mina närmaste grannar. Det finns inte flera åbor här på Branehög än de och jag.

- Säg så gott, att det inte finns någon mer än du! sade mannen. Du kan inte kalla mig för en åbo. Jag är bara en fattig kolare, som du har låtit bygga på din mark.

Mannen satte sig bredvid Torarin, och de började samtala. Han, som var nykommen, talade om för Torarin varför han kom så sent till gästabudet. Det var därför, att de hemma i kojan hade haft främmande, som de inte hade vågat lämna. Det var trenne garvargesäller, som hade varit hos dem hela dagen. På morgonen, då de hade kommit, hade de varit utmattade och sjuka. De sade, att de hade gått vilse i skogen en hel vecka. Men sedan de hade ätit och sovit, hade de snart kommit till krafter, och på kvällen hade de frågat vilken gård som var störst och rikast i den trakten. Dit ville de gå för att söka arbete. Hustrun hade svarat dem, att prästgården, där herr Arne bodde, var det förnämligaste stället. Då hade de genast dragit fram ur sina ränslar långa knivar och börjat slipa dem. De hade hållit på med detta en god stund, och under tiden hade de sett så vilda ut, att kolaren och hans hustru inte hade vågat gå från hemmet.

- Jag ser dem ännu för mig, där de satt och gnisslade med sina knivar, sade karlen. De såg förfärliga ut, de hade stora skägg, som de inte hade klippt eller ansat på mången god dag, och de var klädda i ludna skinnrockar, som var sönderfläkta och smutsiga. Jag trodde, att det var tre varulvar, som hade kommit in i stugan. Jag blev glad, när de äntligen gav sig av.

När Torarin hörde detta, talade han om för kolaren vad han själv hade varit med om i prästgården.

- Så var det dock sant, att de i kväll slipade knivar på Branehög, sade Torarin och skrattade. Han hade druckit mycket, därför att han hade kommit så sorgsen och bedrövad till gården. Han hade måst söka trösta sig, det bästa han hade kunnat. Nu är jag glad igen, sade han, då jag har fått veta, att det inte var annat varsel, som prästhustrun hörde, än några garvare, som gjorde i ordning sina verktyg.

IV

Långt efter midnatt gingo ett par karlar ut ur stugan på Branehög för att lägga seldon på hästen och fara hem.

När de kommo ner på gårdsplanen, sågo de en eldsvåda fladdra upp mot himlen i norr. De skyndade då genast tillbaka in i stugan och ropade:

- Stånder upp! Stånder upp! Solberga prästgård står i brand!

Det var mycket folk på gästabudet, och den, som hade en häst, kastade sig upp på hans rygg och skyndade till prästgården, men nästan lika snart vore de framme, som måste löpa dit på egna snabba fötter.

Då folket kom till prästgården, syntes där ingen människa uppe eller i rörelse, utan alla tycktes sova, fastän eldsvådan stod högt mot skyn.

Men det var intet av husen, som brann, utan en stor hög av ris och halm och ved, som var uppkastad invid det gamla prästhusets vägg. Den hade inte brunnit länge. Lågorna hade inte hunnit mer än att svärta det goda timret i väggen och smälta snön på halmtaket. Nu höllo de dock på att bita sig fast i takhalmen.

Alla förstodo genast, att detta var mordbrand. De började undra om herr Arne och hans husfolk verkligen sovo eller om det hade övergått dem en olycka.

Men innan räddarna trängde in i huset, vräkte de med långa stänger undan det brinnande bålet från husväggen samt klättrade upp på taket och revo av halmen, som hade börjat ryka och var nära att fatta eld.

Sedan gingo några karlar fram mot stugdörren för att gå in och väcka herr Arne, men då den, som gick först, kom fram till tröskeln, vek han åt sidan och lämnade försteget åt en, som kom efter honom.

Denne tog ett steg framåt, men när han skulle sträcka ut handen efter dörrhandtaget, gick han undan och lämnade plats åt dem, som stodo bakom.

Det syntes dem en hemsk dörr att öppna, ty det kom en bred blodström silande fram under tröskeln, och handtaget var nedsölat med blod.

Då gick dörren upp framför dem, och herr Arnes hjälppräst kom ut. Han raglade fram mot männen, han hade ett djupt sår i huvudet, och han var översköljd med blod. Han stod upprätt ett ögonblick och sträckte upp sin hand för att äska tystnad. Därpå sade han med rosslande röst:

- I natt har herr Arne och allt hans husfolk blivit mördade av trenne karlar, som kom nerklättrande genom vindhålet i taket och var klädda i ludet skinn. De kastade sig över oss som vilddjur och dräpte oss.

Mer förmådde han inte. Han föll ner framför männens fötter och var död.

Nu gick folk in i stugan och fann allt så, som hjälpprästen hade sagt.

Den stora ekkistan, i vilken herr Arne förvarade sina pengar, var borta, och herr Arnes häst var tagen ur stallet och hans släde ur skjulet.

Det ledde slädspår från gården över prästgårdsängarna ner till havet, och tjugu män skyndade åstad för att gripa mördarna. Men kvinnorna gingo att ordna med de döda och buro dem ur den blodiga stugan ut på den rena snön.

Då funnos där inte alla av herr Arnes folk, utan en fattades. Det var den fattiga jungfrun, som herr Arne hade upptagit i sitt hus. Det blev stor undran om hon måhända hade lyckats fly eller om rövarna hade tagit henne med sig.

Men då de noga genomsökte hela stugan, funno de henne, där hon hade stuckit sig undan mellan den stora ugnen och väggen. Hon hade hållit sig gömd där under striden och var alldeles oskadad, men hon var så förbi av skrämsel, att hon varken kunde tala eller svara.

PÅ BRYGGORNA

Den fattiga jungfrun, som hade blivit räddad undan blodbadet, hade Torarin tagit med sig ut till Marstrand. Han hade fattat ett så stort medlidande med henne, att han hade erbjudit henne att bo i hans trånga koja och dela mat med honom och hans mor.

"Detta är det enda jag kan göra för herr Arne", tänkte Torarin, "till lön för alla de gånger han har köpt min fisk och låtit mig äta vid sitt bord. Så ringa och fattig jag är, är det dock bättre för jungfrun, att hon följer med mig ut till staden, än att hon stannar här inne bland bönderna. I Marstrand finns det många rika borgare, och den unga jungfrun ska kanske få tjänst hos en av dem och finna en god utkomst."

De första dagarna, sedan jungfrun hade kommit till staden, satt hon och grät från morgon till kväll. Hon jämrade sig över herr Arne och hans folk, och hon klagade över att hon hade mist alla dem, som stodo henne nära. Mest av allt jämrade hon sig över sin fostersyster och sade, att hon önskade, att hon inte hade stuckit sig undan på muren, utan hade fått följa henne i döden.

Torarins mor sade ingenting om detta, så länge sonen var hemma. Men när han hade dragit bort på sina resor igen, sade hon en morgon till jungfrun:

- Inte är jag så rik, Elsalill, att jag kan ge dig föda och kläder, för att du ska få sitta med händerna i skötet och vakta på din sorg. Kom du med mig ner på bryggorna och lär dig att rensa fisk!

Då gick Elsalill med henne ner på bryggorna och stod hela dagen bland de andra fiskrenserskorna och arbetade.

Men de flesta kvinnorna på bryggorna voro unga och glada. De började tala med Elsalill och frågade henne varför hon var så sorgsen och tyst.

Då började Elsalill berätta för dem i vad äventyr hon hade råkat för inte mer än trenne nätter sedan. Hon talade om de tre rövarna, som hade trängt in i stugan genom vindhålet i taket och mördat alla, som stodo henne nära i livet.

När Elsalill berättade detta, föll en svart skugga ner över bordet, där hon arbetade. Och då hon såg upp, stodo framför henne tre förnäma herrar, som buro breda hattar med långa plymer och sammetskläder med stora puffar, som voro utsömmade med silke och guld.

Det var en av dem, som tycktes vara den förnämste. Han var mycket blek, skägget var avrakat och ögonen lågo djupt inne. Det såg ut, som om han nyss hade varit sjuk. Men eljest tycktes han vara en lustig och djärv kavaljer, som gick omkring på de soliga bryggorna för att låta folk se på hans vackra kläder och hans vackra ansikte.

Elsalill höll inne med både arbete och berättelse. Hon stod med öppen mun och uppspärrade ögon och betraktade honom. Och han smålog mot henne.

- Vi är inte komna hit för att skrämma dig, jungfru, sade han, utan vi ber dig, att du låter också oss lyssna till din berättelse.

Den fattiga Elsalill! Aldrig hade hon sett en sådan man i hela sitt liv. Hon tyckte sig inte kunna tala inför honom. Hon bara teg och såg ner på sitt arbete.

Då började den främmande än en gång:

- Låt inte skrämma dig, jungfru! Vi är skottar, som har varit i tjänst hos kung Johan av Sverige i väl sina tio år, men nu har vi fått orlov och ämnar resa hem. Vi har kommit till Marstrand för att finna en lägenhet över till Skottland, men då vi kom hit, låg alla sund och fjordar frusna, och här måste vi nu stanna och vänta. Vi har ingenting att sysselsätta oss med, och därför driver vi fram över bryggorna för att träffa människor. Vi skulle vara glada, jungfru, om du läte oss höra din berättelse.

Elsalill förstod, att han talade så länge, för att hon skulle hinna att återfå sitt lugn. Äntligen tänkte hon för sig själv:

"Du må väl visa, att du inte är för simpel att tala med en hög herre, Elsalill. Du är ju en jungfru av god börd och inte en fiskartös."

- Jag talade bara om det stora blodbadet i Solberga prästgård, sade Elsalill. De är så många, som därom vet att berätta.

- Ja, sade den främmande, men jag visste inte förrän nu, att någon av herr Arnes folk hade kommit levande undan.

Då berättade Elsalill än en gång om de vilda rövarnas framfart. Hon talade om hur de gamla drängarna hade samlat sig kring herr Arne för att försvara honom och hur herr Arne själv hade ryckt sitt svärd från väggen och trängt in på rövarna, men dessa hade besegrat dem alla. Och den gamla prästhustrun hade tagit upp sin mans svärd och gått mot rövarna, men henne hade de bara skrattat åt och fällt henne till marken med ett vedträ. Och alla de andra kvinnorna hade krupit undan på ugnsmuren, men när männen voro döda, kommo mördarna och drogo ner dem och dödade dem.

- Den sista, som de dödade, sade Elsalill, var min kära fostersyster. Hon bad så bönligt för sitt liv, och två av dem ville låta henne leva, men den tredje sade, att alla måste dö, och han stack sin kniv i hennes hjärta.

Så länge som Elsalill talade om mord och blod, stodo de tre männen stilla framför henne. De bytte inte en blick med varandra, men deras öron blevo långa av att lyssna, och deras ögon gnistrade, och ibland drogo sig deras läppar isär, så att tandraderna lyste fram.

Elsalill stod med ögonen fulla av gråt, inte en enda gång såg hon upp, medan hon talade. Hon såg inte, att mannen framför henne hade ögon och tänder som en ulv. Först då hon hade slutat att tala, torkade hon sina ögon och såg upp till honom.

Men när han mötte Elsalills blick, förändrade sig hans ansikte genast.

- Då du har sett mördarna så tydligt, jungfru, sade han, skulle du väl genast känna igen dem, om du mötte dem?

- Inte har jag sett dem annat än vid skenet av eldbränderna, som de ryckte ur spisen för att lysa sig med under mördandet, sade Elsalill, men nog skulle jag med Guds makt känna igen dem. Och jag ber Gud alla dagar, att jag måtte möta dem.

- Vad menar du med detta, jungfru? sporde den främmande. Är det inte sant, att de mordiska vandrarna är döda?

- Jo, jag vet det väl, sade Elsalill. Bönderna, som jagade dem, följde deras spår ifrån prästgården och fram till en vak i isen. Ända dit såg de på den blanka isen spår av slädmedar, spår av hästhovar, spår av människor, som hade burit hårda, järnbeslagna skor. Men från vaken ledde inga spår vidare över isen, utan därför trodde bönderna, att alla var döda.

- Tror inte du, Elsalill, att de är döda? frågade den främmande.

- Jo, jag tror väl, att de har drunknat, sade Elsalill, och ändå ber jag till Gud varje dag, att de måtte ha undkommit. Jag säger till Gud på detta sätt: "Låt det vara så att de bara har kört ner hästen och släden i vaken, men att de själva har undkommit!"

- Varför ville du detta, Elsalill? frågade den främmande.

Den späda jungfrun Elsalill, hon kastade huvudet tillbaka, och hennes ögon lyste.

- Jag ville väl, att de levde, så att jag kunde finna dem och gripa dem. Jag ville, att de levde, så att jag finge slita dem hjärtat ur bröstet. Jag ville, att de levde, så att jag finge se deras kropp styckad i fyra delar och fästad på steglet.

- Hur ville du väl rå med allt detta? sade den främmande. Du är ju bara en så svag liten jungfru.

- Om de levde, sade Elsalill, då skulle nog jag skaffa dem deras straff över huvudet. Hellre skulle jag gå i döden än låta dem undkomma. De må vara starka och väldiga, det vet jag, men inte skulle de kunna undkomma mig.

Då log den främmande åt henne, men Elsalill stampade med foten.

- Om de levde, då skulle jag komma ihåg, att de har tagit bort mitt hem från mig, så att jag nu är en fattig tös, som måste stå ute på kalla bryggan och rensa fisk. Jag skulle komma ihåg, att de har dödat alla dem, som stod mig nära, och mest skulle jag komma ihåg honom, som drog ner min fostersyster från muren och dödade henne, som var mig så huld.

Men då den lilla späda jungfrun visade en så stor vrede, började de tre skotska krigsmännen att skratta. De voro så skrattlystna, att de gingo sin väg, för att Elsalill inte måtte ta anstöt. De gingo över hamnen uppåt en trång gränd, som ledde till torget. Men långt efter att de voro ur sikte, hörde Elsalill, att de skrattade med full hals hånfullt och gällt.

DEN UTSÄNDA

Åtta dagar efter sin död blev herr Arne nedsatt i Solberga kyrka, och samma dag hölls det rannsakning över mordet vid tingsplatsen på Branehög.

Men herr Arne hade varit en väl känd man i Bohuslän, och på hans begravningsdag kommo så mycket människor tillsammans från både inlandet och skärgården, att det var, som då en krigshär samlas kring sin anförare. Och på fälten mellan Solberga kyrka och Branehög vandrade så mycket folk, att mot aftonen fanns där inte en tumsbredd snö, som inte hade blivit trampad av människor.

Men sent på kvällen, då alla dessa hade dragit sina färde, kom Torarin fiskmånglare åkande vägen fram från Branehög och uppåt mot Solberga.

Torarin hade talat med mycket folk under dagens lopp. Om och om igen hade han berättat om herr Arnes död. Han hade också blivit väl förplägad framme vid tingsplatsen och hade måst tömma månget ölkrus med långväga resande.

Torarin kände sig duven och tung. Han hade lagt sig ner på lasset. Han var bedrövad däröver, att herr Arne var borta, och när han kom i närheten av prästgården började han plågas av än tyngre tankar.

- Grim, min hund, sade han, om jag hade trott på det där varslet med knivarna kunde jag avvärjt hela olyckan. Jag tänker ofta på detta, Grim, min hund. Jag känner mig ängslig till mods, alldeles som skulle jag ha varit med om att skaffa herr Arne ur världen. Kom nu ihåg vad jag säger, att nästa gång jag får höra något sådant, ska jag sätta tro till det och rätta mig därefter!

Men medan Torarin låg och dåsade på lasset med halvslutna ögon, gick hans häst, som den bäst tyckte, och när den kom till Solberga prästgård, vek den av gammal vana in genom gårdsledet och gick fram till stalldörren. Torarin visste om intet. Först då hästen stannade, reste han sig upp och såg sig omkring. Han började rysa, då han såg, att han befann sig på gårdsplanen framför ett hus, där så många människor hade blivit mördade för endast en vecka sedan.

Han grep genast efter tömmarna. Han ville vända hästen och köra ut på vägen igen, men i detsamma slog någon honom på skuldran, och han såg sig tillbaka. Då stod där bredvid honom den gamle Olof hästskötare, som hade tjänat i prästgården, så länge som Torarin kunde minnas.

- Har du så bråttom att fara från gården i natt, Torarin? sade drängen. Kom du hellre in i stugan! Herr Arne sitter och väntar på dig.

Torarin fick tusen tankar i huvudet. Han visste inte om han drömde eller var vaken. Olof hästskötare, som han såg stå frisk och levande framför sig, hade han för en vecka sedan sett ligga död bredvid de andra med ett stort sår i halsen.

Torarin grep fastare om tömlyckan. Han tyckte, att det bästa för honom skulle vara att komma fort undan. Men Olof hästskötares hand låg ännu på hans skuldra, och gubben fortfor att truga honom.

Torarin funderade hit och dit för att finna en ursäkt.

- Det var inte min mening att komma och störa herr Arne så här sent på kvällen, sade han. Hästen tog av hit in, utan att jag visste det. Jag ska nu fara och skaffa mig härbärge över natten. Om herr Arne vill träffa mig, så kan jag väl komma igen i morgon.

Härmed böjde sig Torarin framåt och slog till hästen med tömlyckan för att förmå honom att sätta sig i rörelse.

Men prästgårdsdrängen stod i samma ögonblick framme vid hästens huvud, fattade den vid betslet och tvang den att stå stilla.

- Var inte genstörtig, Torarin! sade drängen. Herr Arne har ännu inte gått till sängs, han sitter och väntar på dig. Och du måtte väl veta, att du kan få lika gott nattkvarter här som på något annat ställe i socknen.

Då ville Torarin svara, att han inte kunde nöja sig med att bo i taklöst hus. Men innan han yttrade något, kastade han blickarna uppåt manbyggnaden. Då såg han den gamla ryggåsstugan stå där lika välbehållen och ansenlig som före branden. Dock hade Torarin ännu på morgonen sett de nakna takstolarna skjuta upp i luften.

Han såg och såg och gned sina ögon, men visserligen stod prästhuset där oskadat med halm och snö på taket. Genom takhålet såg han rök och gnistor fladdra upp. Och genom de illa stängda luckorna såg han ljussken sila ut på snön.

Den, som reser vida omkring på kalla vägen, vet inte en bättre syn än ljusskenet, som smyger ut ur den varma stugan. Men Torarin blev än mer skrämd, än han hade varit förut, vid denna syn. Han piskade på hästen, så att den både stegrade sig och slog. Men inte fick han den ett steg längre från stalldörren.

- Kom du med in, Torarin! sade stalldrängen. Jag trodde, att du inte mer ville ha något att ångra i denna sak.

Nu kom Torarin ihåg vad han på vägen hade lovat sig själv. Han, som hade stått på lasset med tömlyckan i högsta hugg, blev då genast spak som ett lamm.

- Se här, Olof hästskötare, här är jag nu! sade han och sprang av lasset. Det är sant, att jag inte vill ha något att ångra i denna sak. För mig nu in till herr Arne!

Men de tyngsta steg, som Torarin hade gått, voro de, som han vandrade över gårdsplanen fram till stugan.

Då dörren gick upp, slöt Torarin ögonen för att slippa se in i rummet. Men han sökte ge sig mod genom att tänka på herr Arne. "Han har gett dig månget gott mål mat. Han har köpt din fisk, också när hans eget visthus har varit fullt. Han har alltid varit dig huld i livet, och säkerligen vill han inte skada dig efter döden. Kanske att han har en tjänst att begära av dig. Du ska inte förgäta, Torarin, att man måste visa tacksamhet också mot de döda."

Torarin öppnade ögonen och blickade framåt rummet. Då

såg han den stora stugan alldeles likadan, som han förr hade sett den. Han kände igen den högt uppmurade ugnen och de vävda bonader, som klädde väggarna. Men han skådade många gånger från vägg till vägg och från golv till tak, innan han fick mod att se upp till bordet och bänken, där herr Arne hade brukat sitta.

Sent omsider blickade han också ditåt, och då såg han herr Arne själv sitta livslevande mittför bordet med hustrun och hjälpprästen på var sin sida, såsom han hade sett honom för åtta dagar sedan. Han tycktes nyss ha slutat sin måltid, han hade skjutit tillbaka fatet, och skeden låg på bordet framför honom. Alla de gamla tjänarna och tjänarinnorna sutto vid bordet, men endast den ena av de unga jungfrurna.

Torarin stod länge stilla nere vid dörren och betraktade dem, som sutto till bords. De sågo alla ängsliga och bedrövade ut, och även herr Arne satt tungsint som de andra och stödde huvudet i handen.

Äntligen såg Torarin, att herr Arne lyfte upp huvudet.

- Är det någon främmande, som du för med dig in i stugan, Olof hästskötare?

- Ja, svarade drängen, det är Torarin fiskmånglare, som i dag har varit på tinget på Branehög.

Herr Arne tycktes då få ett gladare utseende, och Torarin hörde honom säga:

- Stig då fram, Torarin, och giv oss nyheter från tinget! Här har jag nu suttit och väntat på dig halva natten.

Allt detta lät så verkligt och naturligt, att Torarin började känna sig mer och mer orädd. Han gick helt modigt över golvet fram till herr Arne. Han frågade sig om det inte hade varit en ond dröm, att herr Arne hade blivit mördad, och om inte sanningen vore, att han levde.

Men medan Torarin gick över golvet, kastade han av gammal vana en blick fram till himmelssängen, bredvid vilken den stora penningkistan brukade stå. Men den järnbeslagna kistan fanns inte mer på sin plats, och när Torarin såg det, gick det åter en rysning genom honom.

- Nu ska Torarin säga oss hur det i dag har avlupit på tinget, sade herr Arne.

Torarin sökte göra, som han hade blivit tillsagd, och berättade om tinget och rannsakningen, men han kunde varken befalla över sina läppar eller sin tunga, utan han talade illa och stammande.

Herr Arne avbröt honom också genast:

- Säg mig endast det viktigaste, Torarin! Blev våra mördare funna och straffade?

- Nej, herr Arne, tog sig då Torarin dristighet att svara. Era mördare ligger på bottnen av Hakefjord. Hur vill ni, att någon ska kunna hämnas på dem?

Då Torarin gav detta svar, tycktes herr Arne upptändas av sitt gamla humör, och han slog handen hårt i bordet.

- Vad är det du säger, Torarin? Har länsherren på Bohus varit här med lagmän och skrivare och hållit ting, och har ingen kunnat säga honom var han skulle finna mina mördare?

- Nej, herr Arne, svarade Torarin, det kan ingen bland de levande säga honom.

Herr Arne satt en stund med rynkade ögonbryn och blickade dystert framför sig. Därpå vände han sig än en gång till Torarin.

- Jag vet, att du är mig tillgiven, Torarin. Kan du då säga mig hur jag ska få hämnd på mina mördare?

- Det kan jag väl förstå, herr Arne, sade då Torarin, att ni önskar ta hämnd på dem, som så omilt har berövat er livet. Men det finns ingen bland oss, som vandrar på Guds gröna jord, som kan hjälpa er härutinnan.

Herr Arne föll i tungt grubbel, sedan han hade fått detta svar.

Det blev nu en lång tystnad. Om en stund vågade sig Torarin fram med en begäran.

- Jag har nu uppfyllt er önskan, herr Arne, och sagt er hur det avlopp på tinget. Har ni ännu något mer att spörja mig om, eller vill ni nu låta mig gå?

- Du ska inte gå, Torarin, sade herr Arne, förrän du än en

gång har svarat mig om ingen av de levande kan skaffa oss hämnd.

- Inte om alla män i Bohuslän och Norge komme tillsammans för att hämnas på era mördare, skulle de vara i stånd att finna dem, sade Torarin.

Då sade herr Arne:

- När inte de levande kan hjälpa oss, måste vi hjälpa oss själva.

Härmed började herr Arne att med hög röst läsa ett fadervår, men inte på norska, utan på latin, såsom det hade varit brukligt att läsa det där i landet före hans tid.

Och för varje ord i bönen, som han uttalade, pekade han med fingret på en av dem, som sutto med honom vid bordet. Han gick dem på detta sätt igenom flera gånger, till dess han kom till amen. Men då han sade detta ord, sträckte han fingret mot den unga jungfrun, som var hans sondotter.

Den unga jungfrun reste sig genast från bänken, och herr Arne sade till henne:

- Du vet vad du har att göra.

Då klagade den unga jungfrun och sade:

- Sänd mig inte ut till detta! Det är ett för svårt uppdrag för en så späd jungfru som jag.

- Visserligen ska du gå, sade herr Arne. Det är rätt, att du går, ty du har mest att hämnas. Ingen av oss har blivit berövad så många av livets år som du, som är yngst ibland oss.

- Jag begär väl ingen hämnd på någon människa, sade jungfrun.

- Du ska genast gå, sade herr Arne. Och du ska inte stå ensam. Du vet, att det bland de levande finns två som satt med oss här vid bordet för åtta dagar sedan.

Men när Torarin hörde herr Arne säga detta, trodde han sig förstå, att herr Arne utsåg honom att kämpa mot missdådare och mördare, och han utropade:

- För Guds barmhärtighets skull besvär jag er, herr Arne...

I detsamma tyckte Torarin, att både herr Arne och prästgården försvunno i en dimma och han själv sjönk djupt ner, såsom hade han fallit från en svindlande höjd, och därmed förlorade han medvetandet.

Då han vaknade till liv igen, började det ljusna till morgon. Han såg då, att han låg på marken inne på Solberga prästgård. Hästen stod bredvid honom med lasset, och Grim skällde och tjöt över honom

- Det var alltsammans bara en dröm, sade Torarin, nu inser jag det. Gården är öde och förstörd. Jag har varken sett herr Arne eller någon annan. Men jag har blivit så skrämd av drömmen, att jag har ramlat av lasset.

I MÅNSKENET

När herr Arne hade varit död i fjorton dagar, kommo ett par nätter med starkt, klart månsken. Och en kväll var Torarin ute och åkte i månskenet. Han hejdade hästen gång på gång, liksom skulle han ha svårt för att finna vägen. Han for dock inte fram i någon villsam skog, utan på något, som såg ut att vara vid och öppen slätt, över vilken en mängd steniga kullar höjde sig.

Hela trakten var täckt med vit, skinande snö. Den hade fallit vid gott väder lika och jämnt, den låg inte i drivor eller virvlar. Så långt ögat kunde se, fanns intet annat än samma jämna slätt och samma steniga kullar.

- Grim, min hund, sade Torarin, om vi i kväll såge detta för första gången, då skulle vi väl tro, att vi färdades över en stor hed. Men vi skulle nog undra över att marken vore så jämn och vägen utan stenar eller gropar. Vad är detta för en trakt, skulle vi säga, där det varken finns diken eller gärdesgårdar, och hur kommer det sig att det varken sticker upp strå eller buske genom snön? Och varför ser vi inte till åar eller vattubäckar, som eljest brukar dra sina svarta fåror fram över de vita fälten även i den strängaste köld?

Torarin förnöjde sig mycket åt dessa tankar, och även Grim fann behag i dem. Han rörde sig inte från sin plats på lasset, utan låg stilla och blinkade.

Men just som Torarin hade slutat sitt tal, for han förbi en hög stång, på vilken en kvast var fastbunden.

- Om vi vore främmande här, Grim, min hund, sade Torarin, då skulle vi väl fråga oss vad detta är för en hed, där de sätter upp likadana märken, som vi begagnar ute på havet. "Detta kan väl aldrig vara själva havet?" skulle vi till sist säga. Men det skulle vi väl tycka vara alldeles omöjligt. Detta, som ligger så stadigt och tryggt, skulle det kunna vara bara vatten? Och alla de där klippkullarna, som nu ligger så fast förenade, skulle de endast vara holmar och skär och vara skilda åt genom svallande vågor? Nej, inte skulle vi kunna tro, att sådant vore möjligt, Grim, min hund.

Torarin skrattade, och Grim låg alltjämt stilla och orörlig. Torarin körde vidare, ända till dess han vek om en hög klippkulle. Då ropade han till, som hade han sett något märkligt. Han låtsade bli mycket förvånad, släppte tömmarna och slog ihop händerna.

- Grim, min hund, du, som inte ville tro på att detta var havet! Nu ser du ändå vad det är. Res på dig, så får du se, att det ligger ett stort fartyg här framför oss! Du ville inte känna igen sjömärkena, men detta kan du inte ta miste på. Nu kan du väl inte neka till att det är själva havet, som vi färdas över.

Torarin höll stilla än en stund och betraktade ett stort fartyg, som låg infruset i isen. Det såg alldeles vilsekommet ut, där det låg med den jämna, släta snömarken runtomkring sig.

Men då Torarin såg, att en liten rök steg upp från fartygets skans, körde han fram och ropade an skepparen för att höra om han ville köpa av hans fisk. Endast ett par torskar hade han kvar på bottnen av lasset, eftersom han under dagens lopp hade rest omkring till alla de skutor, som lågo infrusna i skärgården, och sålt bort sitt förråd.

Där ombord satt skepparen med sina män och hade dödtråkigt. De köpte fisk av handelsmannen, inte därför att de behövde den, utan för att få någon att tala vid.

När de kommo ner på isen till Torarin, satte han på sig en oskyldig min.

Han började tala med dem om vädret.

- I mannaminne har det inte varit så vackert väder som i år, sade Torarin. I nära nog trenne veckor har vi haft lugnt väder och sträng köld. Det är annat, än vad vi är vana vid i skärgården.

Men skepparen, som låg där med den stora galeasen fullastad av silltunnor och som hade frusit inne i en vik nära

Marstrand, just då han hade varit färdig att styra ut till havs, han såg bistert på Torarin och svarade:

- Jaså, du kallar detta vackert väder.

- Vad annat skulle jag kalla det? sade Torarin. Han såg oskyldig ut som ett barn. Himlen är klar och lugn och blå, och natten är lika grann som dagen. Jag har aldrig förr varit med om att kunna köra omkring på isen vecka efter vecka. Det är inte ofta havet lägger sig här ute, och om det något år har varit isbetäckt, så har alltid en storm kommit och rivit upp det om några få dagar.

Skepparen stod mörk och dyster; han svarade inte Torarin något på allt hans prat. Då började Torarin spörja varför han inte begåve sig in till Marstrand.

- Det är ju inte mer än en timmes vandring över isen, sade Torarin. Härpå fick han inte heller något svar. Torarin förstod, att karlen inte ville lämna galeasen ett ögonblick, av fruktan att inte vara till hands, då isen skulle bryta upp.

"Sällan har jag sett någon med ögon så sjuka av längtan", tänkte Torarin.

Men skepparen, som nu dag efter dag hade suttit instängd bland skären och inte hade kunnat hissa sitt segel och fara ut till havs, han hade under tiden haft så många tankar, och han sade till Torarin:

- Du, som reser omkring överallt och hör talas om allt, som händer, vet du varför Gud så länge stänger vägarna ut till havet detta år och håller oss alla i fångenskap?

När han sade detta, upphörde Torarin att le, men han ställde sig ovetande och sade:

- Nu vet jag inte hur du menar det.

- Jo, sade skepparen, jag låg en gång i hamnen i Bergen en hel månad, och det blåste motvind alla dagar, så att inget skepp kunde gå ut. Men ombord på ett av de skepp, som låg instängda i hamnen, fanns en man, som hade stulit i kyrkor, och han skulle ha undkommit, om inte stormen hade rasat. Nu hann de att spana ut var han fanns, och så snart han hade blivit bragt i land, blev det genast vackert väder och god vind.

Förstår du nu vad jag menar, då jag frågar om du vet varför Gud håller havets portar stängda?

Torarin stod nu en stund tyst. Det såg ut, som hade han haft lust att svara med allvarliga ord. Men han slog bort det och sade:

- Du blir tungsint av att sitta här instängd mellan skären. Varför beger du dig inte in till Marstrand? Jag ska säga dig, att där föres ett glatt liv. Där går hundratals främmande. De har intet annat att göra än att dansa och dricka.

- Hur kan det vara så mycken glädje där inne? sade skepparen.

- Å, sade Torarin, där går sjöfolk, som har sina skepp infrusna såsom du. Där finns en mängd fiskare, som just hade slutat att fånga sin sill, då de blev hindrade av isen att fara hem. Och där går ett hundrade skotska legoknektar, som har fått orlov ur tjänsten och ligger här och väntar på lägenhet att fara hem till Skottland. Tror du, att alla dessa går med hängande huvud och försummar att göra sig glada dagar?

- Ja, det må nu vara, att dessa kan förnöja sig, men jag tycker bäst om att vänta här ute, sade skepparen.

Torarin gav honom en snabb blick. Skepparen var en lång, mager karl. Hans ögon voro ljusa och vattenklara med en svårmodig blick. "Den där karlen kan inte jag göra glad och ingen annan heller", tänkte Torarin.

Än en gång började skepparen självmant tala med honom.

- De där skotske, sade han, är de bra folk?

- Är det måhända du, som ska föra dem över till Skottland? sade Torarin.

- Ja, sade skepparen, jag har last till Edinburg, och en av dem har nyss varit här ute och talat med mig om att jag skulle ta dem. Men jag tycker inte om att segla med sådana vilda sällar ombord, och jag bad honom om betänketid. Har du hört något om dem? Tror du, att jag kan våga att ta emot dem?

- Jag har inte hört annat om dem, än att det ska vara tappert folk. Du kan säkert ta emot dem.

Men i samma stund, som Torarin sade detta, reste sig hans hund upp från lasset, satte nosen i vädret och började tjuta.

Torarin avbröt då genast berömmet över skottarna.

- Vad är det nu åt dig, Grim, min hund? sade han. Tycker du, att jag står alltför länge stilla på isen och pratar bort tiden?

Han gjorde sig i ordning att fara.

- Ja, lev då väl här ute! sade han.

Torarin körde in till Marstrand genom det smala sundet mellan Klöverön och Koön. När han var så långt kommen, att han kunde se Marstrand, märkte han, att han inte var ensam ute på isen.

I det klara månskenet såg han en lång karl med stolt hållning gå fram över snön. Han såg att han bar en plymprydd hatt och rikt utstyrda kläder med vida puffar.

- Se där, sade Torarin för sig själv, där går sir Archie, de skotskes anförare, som i kväll har varit ute på galeasen för att betinga sig överfart till Skottland.

Torarin var mannen så nära, att han hade kört fatt hans långa skugga, som gled fram bakom honom. Hans häst satte just sina hovar på skuggbildens hattplymer.

- Grim, sade Torarin, ska vi fråga honom om han vill åka med oss in till staden?

Hunden började genast resa på sig, men Torarin lade då handen på hans rygg.

- Var du stilla, Grim, min hund! Jag ser, att du inte tycker om de skotske.

Sir Archie hade inte märkt, att någon var honom så nära. Han gick framåt utan att se sig om. Torarin tog helt sakta av åt sidan för att komma förbi honom.

Men i detsamma såg Torarin bakom den skotske herrn något, som var likt ännu en skugga. Han såg något, som var långt och tunt och grått, och som svävade fram över marken utan att sätta fotspår på vägen och utan att komma den vita snön att knarra.

Skotten skred fram med stora steg. Han såg sig inte om

varken till höger eller vänster. Men den gråa skuggan gled fram bakom honom så nära, att det tycktes, som om den ville viska något i hans öra.

Torarin körde sakta framåt, tills han kom i jämbredd med dem båda. Han såg då skottens ansikte i det klara månskenet. Han gick med sammandragna ögonbryn och såg förargad ut, liksom upptagen av en tanke, som misshagade honom.

Just då Torarin for förbi honom, vände han sig om och blickade bakom sig, såsom hade han märkt någons närvaro.

Torarin såg tydligt, att bakom sir Archie smög sig en ung jungfru i sid, grå klädnad, men sir Archie såg henne inte. Då han vände huvudet tillbaka, stod hon orörligt stilla, och sir Archies egen skugga lade sig mörk och bred över henne och dolde henne.

Sir Archie vände sig genast om och forsatte vandringen, och åter skyndade jungfrun fram och gick, som om hon viskade i hans öra.

Men Torarin blev mer skrämd, då han såg detta, än han väl kunde bära. Han ropade högt till, och han piskade på sin häst, så att han kom i fullt sken med svettdrypande fåle fram till dörren av sin koja.

FÖRFÖLJELSE

I

På den sidan av Marstrandsön, som vette inåt mot skärgården och låg skyddad av en krans av öar och holmar, fanns staden med alla dess hus och byggnader. Där rörde sig människor i gränder och gator, där låg hamnen, som var full av båtar och skepp, där saltades sill, där rensades fisk, där lågo kyrka och kyrkogård, där lågo rådhus och torg, och där stod månget högt träd, som om sommaren vajade grönt.

Men på den hälften av Marstrandsön, som vette väster ut mot havet och skyddades varken av ö eller skär, fanns det intet annat än ödsliga, nakna klippor och sönderslitna bergduddar, som stucko ut i havet. Där funnos ljungtuvor med bruna toppar, stickande snår av törnbuskar, kulor för utter och räv och bo för ejder och mås, men inga stigar, inga hus och inga människor.

Torarins koja låg högt uppe på kammen av ön, så att den hade staden på sin ena sida och vildmarken på den andra. Och då Elsalill öppnade sin dörr, lågo framför henne breda, nakna hällar, från vilka hon kunde skåda långt åt väster, ända till den mörka randen, där havet gick öppet.

Alla de sjömän och fiskare, som lågo infrusna i Marstrand, brukade gå förbi Torarins koja för att stiga upp på klipporna och se efter om vikar och sund inte hade börjat att kasta av sig sitt istäcke.

Elsalill stod mången gång i stugdörren och såg efter dem, som gingo dit upp. Hon var hjärtesjuk efter den stora sorg, som hade övergått henne, och hon tänkte: "Jag tycker, att alla de är lyckliga, som har något att längta till. Men jag äger ingenting i hela världen att eftertråna."

En kväll såg Elsalill, att en lång man, som bar en bredbrättad hatt med stor plym, stod uppe på hällarna och blickade åt väster ut över havet som alla de andra. Och Elsalill såg genast, att mannen var sir Archie, de skotskes anförare, som hade talat med henne nere på bryggorna.

När han gick förbi stugan på hemvägen till staden, stod Elsalill ännu kvar i dörren, och hon grät.

- Varför gråter du? frågade han och stannade framför henne.

- Jag gråter, därför att jag intet äger att längta efter, sade Elsalill. Då jag såg er stå på klippan och se ut över havet, tänkte jag: "Säkert har han där uppe ett hem på andra sidan havet, som han nu ska resa till."

Då blev sir Archie vek om hjärtat, så att han sade:

- Det har ingen talat vid mig om mitt hem på långa år. Gud vete hur det står till på min faders gård. Därifrån for jag, då jag var sjutton år, för att tjäna i främmande härar.

Därmed gick sir Archie in i stugan till Elsalill, och han började tala med henne om sitt hem.

Och Elsalill satt stilla och hörde sir Archie tala både länge och väl. Hon kände sig lycklig över varje ord, som hon hörde sir Archie säga.

Men när det led mot den tiden, då sir Archie skulle gå, bad han Elsalill, att han skulle få kyssa henne.

Då sade Elsalill nej och skyndade undan mot dörren, men sir Archie ställde sig i vägen för henne och nödgade henne.

Med detsamma gick dörren till stugan upp, och husmodern kom in mycket hastigt.

Då vek sir Archie tillbaka från Elsalill. Han bjöd henne blott handen för att ta farväl och skyndade bort.

Men Torarins moder sade till Elsalill:

- Det var rätt av dig, att du sände mig bud. Det är inte passande för en jungfru att sitta ensam i stugan med en sådan man som sir Archie. Det vet du väl, att en legoknekt, han äger varken heder eller samvete.

- Har jag sänt bud efter er? sade då Elsalill förvånad.

- Ja, svarade gumman, då jag stod på bryggan vid arbetet, kom en liten jungfru, som jag inte förr har sett, och sade, att du hälsade och bad, att jag skulle gå hem.

- Hur såg den jungfrun ut? sade Elsalill.

- Inte såg jag så noga på henne, att jag kan säga dig hur hon såg ut, sade gumman. Men det lade jag märke till, att hon gick så lätt över snön, att inte ett ljud förnams.

När Elsalill hörde detta, blev hon alldeles blek, och hon sade:

- Då var det väl en av himmelens änglar, som bragte er budet och förde er hem.

II

En annan gång satt sir Archie i Torarins stuga och språkade med Elsalill. De två voro ensamma. De talade lustigt med varandra och voro helt glada. Sir Archie satt och talade med Elsalill om att hon skulle följa honom till Skottland. Där ville han bygga ett slott åt henne och göra henne till en förnäm borgfru. Han sade henne, att hon skulle få hundrade tärnor under sig och att hon skulle få dansa i konungens hov. Elsalill satt tyst och lyssnade till varje ord, som sir Archie sade till henne, och hon trodde dem alla. Och sir Archie tänkte, att aldrig hade han råkat en tärna, som hade varit så lätt att dåra som Elsalill.

Plötsligen blev sir Archie alldeles tyst och såg ner på sin vänstra hand.

- Vad är det, sir Archie, varför talar ni inte mer? frågade Elsalill.

Sir Archie öppnade och slöt handen krampaktigt. Han vände den fram och åter.

- Vad är det, sir Archie? frågade Elsalill Ni har väl inte fått några smärtor i er hand?

Då vände sig sir Archie mot Elsalill med ett uppskrämt ansikte och sade:

- Ser du håret, Elsalill, som är snott om min hand? Ser du den ljusa hårlocken?

Då han började tala, såg den unga jungfrun ingenting, men innan han hade slutat, såg hon en slinga ljust, fint hår vira sig ett par gånger om sir Archies hand.

Och den unga jungfrun sprang upp förfärad och utropade:

- Sir Archie, vems hår är det, som ni håller virat om er hand?

Sir Archie blickade bestört och rådvill bort till henne.

- Jag känner, Elsalill, att det är riktigt hår. Det lägger sig svalt och mjukt om handen. Men varifrån är det kommet?

Jungfrun satt och stirrade på handen.

- Det var så, som min fostersysters hår låg snott kring handen på den, som dödade henne, sade hon.

Men nu började sir Archie skratta. Han drog raskt tillbaka sin hand.

- Se, sade han, du och jag, Elsalill, vi skrämmer upp oss som småbarn. Det var intet annat än ett par starka solstrålar, som föll in genom fönstret.

Men den unga jungfrun började gråta och sade:

- Nu tycker jag mig åter ligga på ugnsmuren, och jag ser mördarna vid deras arbete. Ack, jag hoppades dock i det längsta, att de inte skulle finna min kära fostersyster, men till sist kom en av dem och drog ner henne från muren, och när hon ville undfly, lindade han hennes hår om sin hand och höll fast henne. Men hon låg på knä för honom och sade: "Si min ungdom! Låt mig behålla mitt liv, så att jag får leva så länge, att jag lär mig begripa varför jag är kommen till världen! Jag har intet ont gjort dig, varför vill du då döda mig? Varför ska du neka mig att leva?" Och han hörde inte på henne, utan dödade henne.

Medan Elsalill sade detta, stod sir Archie med rynkade ögonbryn och såg åt sidan.

- Ja, om jag en gång mötte den mannen! sade Elsalill. Hon stod med knutna nävar inför sir Archie.

- Du kan inte möta den mannen, sade sir Archie. Han är död.

Men jungfrun kastade sig på bänken och snyftade.

- Sir Archie, sir Archie, varför kom ni mig att tänka på de döda? Hela kvällen och natten måste jag nu gråta. Gå ifrån mig, sir Archie, ty nu har jag inte sinne för annat än de döda! Nu måste jag tänka på min fostersyster, hur huld hon var emot mig.

Och inte var sir Archie i stånd att trösta henne, utan han blev fördriven av tårar och jämmer och gick bort till sina dryckesbröder.

III

Sir Archie kunde inte förstå varför hans håg alltid var full av så tunga tankar. Inte glömde han dem, om han satt och språkade med Elsalill, och inte, då han satt och drack med sina kamrater. Om han dansade natten i ända i sjöbodarna, kunde han inte komma ifrån dem, och inte undgick han dem, om han vandrade milslånga vägar utåt det frusna havet.

- Varför ska jag alltid minnas det, som jag inte vill komma ihåg? sade sir Archie till sig själv. Det är mig så, som om alltid någon smöge sig efter mig och viskade i mitt öra.

- Det är mig så, som om någon spunne ett nät omkring mig, sade sir Archie, för att fånga alla mina tankar och lämna mig denna enda kvar. Jag kan inte se den jägaren, som ställer ut nätet, men jag hör hans steg, då han kommer smygande efter mig.

- Det är mig så, som om en målare ginge framför mig och målade allt, vad jag betraktar, men samma tavla, sade sir Archie. Om jag vänder blickarna mot himlen eller mot jorden, så ser jag dock intet annat än en enda sak.

- Det är mig så, som om en stenhuggare sutte vid mitt hjärta och bultade in där en enda sorg, sade sir Archie. Jag kan inte se den stenhuggaren, men dag och natt kan jag höra hur hans slägga hamrar och bultar. "Du stenhjärta, du stenhjärta", säger han, "nu måste du ge vika. Nu ska jag hamra in i dig en sorg."

Sir Archie hade två vänner, sir Filip och sir Reginald, som alltid följde honom. De bedrövades över att han alltid var oglad och att intet gav honom lycka.

- Vad är det, som fattas dig? brukade de säga. Varför är dina ögon så brinnande, och varför är dina kinder så bleka?

Sir Archie ville inte säga dem vad det var, som pinade honom. Han tänkte: "Vad skulle mina kamrater säga om mig, ifall de funne, att jag hängåve mig åt något omanligt? De skulle inte mer lyda mig, om de finge veta, att jag pinas av ånger över en gärning, som var nödvändig."

Då de nödgade honom alltmer, sade han till dem för att leda dem på villospår:

- Det går mig så underligt i dessa dagar. Det är en jungfru, som jag vill vinna, men henne kan jag inte nå. Det ställer sig alltid något i min väg.

- Kanske då, att den jungfrun inte älskar dig? sade sir Reginald.

- Visst tror jag, att hennes håg är vänd till mig, sade sir Archie, men det är något, som vakar över henne, så att jag inte kan vinna henne.

Då började sir Reginald och sir Filip att skratta, och de sade:

- Den jungfrun ska vi nog skaffa dig.

På kvällen kom Elsalill gående ensam uppåt gränden. Hon kom trött från arbetet, och hon tänkte för sig själv: "Detta liv är hårt, och det gör mig ingen glädje. Jag vämjes vid att hela dagen stå och känna fisklukten. Jag vämjes vid att höra de andra kvinnorna skämta och skratta med så hårda röster. Jag vämjes vid de hungriga måsarna, som flyger över borden och vill rycka fiskbitarna ur mina händer. Om blott någon ville komma och föra mig härifrån! Då skulle jag följa honom till världens ände."

Då Elsalill gick fram på det ställe, där gränden var mörkast, kommo sir Reginald och sir Filip ut ur skuggan och hälsade henne.

- Jungfru Elsalill! sade de. Vi bringar dig bud från sir Archie. Han ligger sjuk hemma i härbärget. Han längtar efter att få tala vid dig och ber, att du ska följa oss hem till honom.

Elsalill började ängslas, att sir Archie skulle vara mycket sjuk, och hon vände genast om med de två skotska herrarna, som ville föra henne till honom.

Sir Filip och sir Reginald gingo på ömse sidor om henne. De logo mot varandra och tänkte, att ingenting kunde vara lättare än att dåra Elsalill.

Elsalill hade så stor hast. Hon nästan sprang nedåt gränden. Sir Filip och sir Reginald måste ta ut stegen för att kunna följa henne.

Men då Elsalill skyndade så hastigt, började något rulla framför hennes fot. Det var något, som kastades framför henne, och hon var nära att snava över det.

"Vad är det, som rullar och far framför mina fötter?" tänkte Elsalill. "Det måtte vara en sten, som jag har sparkat upp ur marken, och som rullar åstad nedåt backen."

Hon hade så bråttom att komma till sir Archie, hon tyckte inte om att hindras av detta, som rullade tätt framför hennes fötter. Hon sparkade det till sidan, men det kom genast tillbaka och rullade framför henne nedåt gränden.

Elsalill hörde, att det klang som silver, när hon sparkade det åt sidan, och hon såg, att det blänkte och skimrade.

"Det är inte någon vanlig sten", tänkte Elsalill. "Jag tror, att det är ett silvermynt." Men hon hade så bråttom att komma till sir Archie, att hon inte tyckte sig ha tid att ta upp det från gatan.

Men åter och åter rullade det framför hennes fötter, och hon tänkte: "Du kommer fortare fram, om du böjer dig ner och tar upp det. Du kan kasta det långt bort, om det ingenting är."

Hon böjde sig ner och tog upp det. Det var ett stort silvermynt, som lyste vitt i hennes hand.

- Vad är det du hittar på gatan, jungfru? sade sir Reginald. Det lyser så vitt i månskenet.

De gingo just då förbi en av de stora sjöbodarna, där främmande fiskare bodde, medan de lågo i Marstrand för sitt arbete. Framför ingången hängde en hornlykta, som kastade ett svagt sken ner på gatan.

- Låt oss se vad du har funnit, jungfru! sade sir Filip och stannade under lyktan.

Elsalill höll upp myntet mot lyktan, och knappt hade hon kastat sina blickar därpå, förrän hon började ropa:

- Detta är en av herr Arnes penningar! Jag känner igen den. Detta är en av herr Arnes penningar!

- Vad är det du säger, jungfru? sporde sir Reginald. Varför säger du, att detta är en av herr Arnes penningar?

- Jag känner den, sade Elsalill. Jag har ofta sett herr Arne hålla den i sin hand. Ja, visst är detta en av herr Arnes penningar.

- Ropa inte så högt, jungfru! sade sir Filip. Här börjar redan komma folk, som skyndar till för att få höra varför du skriker.

Men Elsalill hörde inte på sir Filip. Hon såg, att dörren till sjöboden stod öppen. Mittpå golvet där inne brann en eld, och runtomkring brasan sutto en mängd karlar i långsamt och lugnt samspråk.

Elsalill skyndade in till dem. Hon höll myntet högt upplyftat.

- Hörer till, alle man! ropade hon. Nu vet jag, att herr Arnes mördare är vid liv. Se här! Jag har funnit en av herr Arnes penningar!

Alla männen vände sig mot henne. Hon såg då, att Torarin fiskmånglare också satt med där i kretsen.

- Vad är det du kommer och ropar om, jungfru? sporde nu

Torarin. Hur kan du skilja herr Arnes penningar från andra mynt?

- Jag må väl känna igen just denna penning från envar annan, sade Elsalill. Den är gammal och stor, och den har ett urklipp i kanten. Herr Arne sade, att den var från de gamla norska kungars tid, och aldrig lämnade han den ifrån sig för att betala ett inköp.

- Nu ska du berätta var du har funnit den, jungfru, sade en annan av fiskarna.

- Jag har funnit den på gatan rullande framför mina fötter, sade Elsalill. Där hade väl en av mördarna tappat den.

- Det må vara sant, det du säger, sade Torarin, men vad kan vi göra vid detta? Vi kan inte finna mördarna endast därför, att du vet, att de har vandrat på en av våra gator.

Fiskarna funno, att Torarin hade talat klokt. De satte sig åter till rätta omkring elden.

- Kom du med mig hem, Elsalill! sade Torarin. Detta är inte tiden, då en jungfru ska löpa ute på gator och torg.

När Torarin sade detta, såg sig Elsalill om efter sina följeslagare. Men sir Reginald och sir Filip hade smugit sig bort, utan att hon hade märkt, då de hade gått.

I RÅDHUSKÄLLAREN

I

Värdinnan på rådhuskällaren i Marstrand slog en morgon upp dörrarna för att sopa trappa och förstuga. Hon såg då en ung jungfru sitta på ett av trappstegen och vänta. Hon var klädd i en sid, grå klädnad, som var fästad med ett bälte om livet. Håret var ljust, och det var varken uppsatt eller flätat, utan hängde rakt ner på ömse sidor om ansiktet.

Då dörren slogs upp, reste hon sig och gick utför trappan ner i förstugan, men värdinnan tyckte, att hon gick, som hade hon vandrat i sömnen. Hela tiden höll hon ögonlocken sänkta och armarna hårt slutna intill kroppen. Ju närmare hon kom, dess mer förvånades värdinnan över att hon var så späd och finlemmad. Även hennes ansikte var fagert, men det var tunt och genomskinligt, som om det hade varit format av sprött glas.

När hon kom fram till värdinnan, sporde hon om där fanns någon plats, som hon kunde sköta, och bad att bli tagen i tjänst.

Då tänkte värdinnan på alla de vilda karlar, som om kvällarna brukade sitta och dricka öl och vin i krogrummet, och hon kunde inte hjälpa, att hon log.

- Nej, här hos oss finns ingen plats för en så liten jungfru som du, sade hon.

Jungfrun varken lyfte upp ögonen eller eljest gjorde den minsta rörelse, men hon bad på nytt att bli tagen i tjänst. Hon begärde varken kost eller lön, sade hon, endast att få en syssla att sköta.

- Nej, sade värdinnan, om min egen dotter vore som du,

skulle jag neka henne detta. Jag unnar dig bättre än att tjäna hos mig.

Den unga jungfrun gick sakta uppför trappan, och värdinnan stod och blickade efter henne. Då såg hon så liten och hjälplös ut, att värdinnan ömkade sig över henne.

Hon ropade henne tillbaka och sade till henne:

- Kanske löper du större faror, om du går ensam omkring i gator och gränder, än om du kommer till mig. Du ska få stanna hos mig i dag och diska koppar och fat, så får jag se vad du duger till.

Värdinnan förde henne till en liten kammare, som hon hade inrättat bakom källarsalen. Den var inte större än ett skåp, och där fanns varken glugg eller fönster, utan den fick ljus endast genom en lucka i väggen till krogrummet.

- Stå här i dag, sade värdinnan till den unga jungfrun, och diska alla de koppar och fat, som jag räcker dig genom den där luckan, så får jag se om jag kan behålla dig i min tjänst!

Den unga jungfrun gick in i kammaren, och hon rörde sig så tyst, att värdinnan tänkte, att det var, som om en död hade glidit in i sin grav.

Jungfrun stod där inne hela dagen, och inte talade hon vid någon, och inte lutade hon fram huvudet genom luckan för att se på folket, som gick fram och tillbaka i källarsalen. Och inte rörde hon vid maten, som gavs henne.

Ingen hörde henne slamra med diskningen, men närhelst värdinnan sträckte fram handen till luckan, räckte hon till henne nydiskade koppar och fat, på vilka inte fanns en fläck.

Men då värdinnan tog dem för att sätta dem på borden, voro de så kalla, att hon tyckte, att de ville bränna skinnet av fingrarna. Och hon ryste och sade:

- Det är, som om jag skulle ta dem ur händerna på den kalla döden.

II

En dag hade det inte varit någon fisk att rensa på bryggorna, så att Elsalill hade fått stanna hemma. Hon satt ensam i stugan och spann. Det brann en god brasa på spisen och det var tämligen ljust i stugan.

Mittunder arbetet kände hon ett lätt drag, liksom om en kall vind hade strukit över hennes panna. Hon blickade upp och såg då, att hennes döda fostersyster stod framför henne på golvet.

Elsalill lade handen på sländan, så att den stannade, och satt stilla och betraktade sin fostersyster. I förstone blev hon rädd, men hon tänkte inom sig: "Det anstår inte mig att bli rädd för min fostersyster. Antingen hon är död eller levande, är jag dock nöjd att få se henne."

- Kära, sade hon till den döda, önskar du något av mig?

Den andra sade till henne med en röst, som var utan både styrka och ton:

- Min syster Elsalill, jag har tagit tjänst på värdshuset, och värdinnan har hela dagen låtit mig stå och diska koppar och fat. Nu mot kvällen är jag så trött, att jag inte står ut mer. Jag har gått hit för att fråga om du inte vill komma och hjälpa mig.

När Elsalill hörde detta, tyckte hon, att det drog sig en slöja över hennes förstånd. Hon kunde inte mer tänka eller undra eller känna fruktan. Hon kunde blott erfara glädje över att hon återsåg sin fostersyster, och hon svarade:

- Ja, kära jag vill genast komma och hjälpa dig.

Då gick den döda mot dörren, och Elsalill följde henne. Men när de stodo på tröskeln, stannade hennes fostersyster och sade till Elsalill:

- Du ska sätta på dig din kappa. Ute blåser en hård storm. Och när hon sade detta, ljöd hennes stämma litet tydligare än förut och mindre tonlös.

Elsalill tog då ner sin kappa från väggen och svepte den

om sig. Hon tänkte vid sig själv: "Min fostersyster älskar mig ännu. Hon vill mig intet ont. Jag är endast lycklig vid att få följa henne vart hon vill föra mig."

Därpå följde hon den döda genom många gator, alltifrån Torarins stuga, som låg på en stenig brant, ända ner till de jämnare gatorna vid hamnen och torget.

Den döda gick hela tiden två steg före Elsalill. Det var stark storm, som tjöt genom gränderna den kvällen, och Elsalill märkte, att då vinden kom mycket hård och ville pressa henne mot väggen, ställde sig den döda mellan henne och vinden och skyddade henne, så gott hon kunde, med sin späda kropp.

När de äntligen kommo till rådhuset, gick den döda nedför källartrappan och vinkade Elsalill att följa henne. Men när de gingo i trappan, blåste vinden ut ljuset i lyktan, som hängde i förstugan, och de stodo i mörker. Då visste inte Elsalill vart hon skulle vända sina steg, utan den döda måste lägga sin hand på hennes för att leda henne. Men den dödas hand var så kall, att Elsalill ryckte till och började skaka av skräck. Då tog den döda bort sin hand och lindade in den i en flik av Elsalills kappa, innan hon åter sökte leda henne. Men Elsalill kände iskylan tvärsigenom både foder och pälsverk.

Nu ledde den döda jungfrun Elsalill genom en lång gång och öppnade sedan en dörr för henne. De kommo in i en liten mörk kammare, dit det föll ett svagt ljus genom en lucka i väggen. Elsalill såg, att de befunno sig i ett rum, där värdinnan brukade ha sin skänkpiga stående för att diska koppar och fat, som hon behövde för att ställa fram på borden till gästerna. Elsalill kunde skymta, att det stod en vattenbalja på en pall, och i luckan stodo många bägare och kärl, som behövde sköljas.

- Vill du hjälpa mig med detta arbete i kväll, Elsalill? sade den döda.

- Ja, kära, sade Elsalill, du vet, att jag vill hjälpa dig med vad helst du önskar.

Därmed lade Elsalill av kappan. Hon vek upp sina klänningsärmar och började arbetet.

- Vill du nu vara mycket tyst och stilla här inne, Elsalill, så att inte värdinnan märker, att jag har skaffat mig hjälp?

- Ja, kära, sade Elsalill, det vill jag visst vara.

- Ja, far då väl, Elsalill! sade den döda. Nu ska jag endast bedja dig om än en sak. Och det är, att du inte efter detta må alltför mycket vredgas på mig.

- Vad är detta, att du bjuder mig farväl? sade Elsalill. Jag vill gärna komma alla kvällar och hjälpa dig.

- Nej, mer än i kväll behöver du väl inte komma, sade den döda. Jag tänker, att du i natt hjälper mig så, att jag nu får detta ärendet lyktat.

När de talade sålunda, hade Elsalill redan böjt sig ner över arbetet. Allt var stilla en stund, men så kände hon ett svagt drag över pannan, på samma sätt, som då den döda hade kommit till henne i Torarins koja. Hon såg då upp och märkte, att hon var ensam. Hon förstod vad det var, som hade känts som en svag vind över hennes panna, och sade för sig själv:

- Min döda fostersyster har kysst min panna, innan hon skildes ifrån mig.

Elsalill gjorde nu först färdigt sitt arbete. Hon sköljde av alla skålar och kannor och torkade dem. Sedan gick hon fram till luckan för att se om några nya hade blivit ditsatta. Hon fann inga där, och hon ställde sig då i luckan och såg ut i källarsalen.

Det var en sådan stund på dagen, då inga gäster brukade komma till källaren. Värdinnan satt inte bakom sin disk, och ingen av hennes tjänare fanns i rummet. De enda, som funnos där, voro tre män, som sutto vid ändan av ett stort bord. De voro gäster, men de tycktes vara väl hemmastadda, ty en av dem, som hade tömt sin bägare, gick fram till disken, fyllde den ur ett av de stora fat med öl och vin, som lågo uppstaplade där, och satte sig åter att dricka.

Elsalill stod, som skulle hon vara kommen från en främmande värld. Hon hade sina tankar hos sin döda fostersyster, och hon kunde inte rätt reda vad hon såg. Det dröjde en lång stund, innan hon märkte, att de tre männen vid bordet voro henne välbekanta och kära. Ty de, som sutto där, voro inga andra än sir Archie och hans båda vänner, sir Reginald och sir Filip.

Under de sista dagarna hade inte sir Archie kommit till Elsalill, och hon blev glad att se honom. Hon ville genast ropa till honom, att hon var där helt nära, men då tänkte hon på hur underligt det var, att han aldrig mer kom till henne, och hon höll sig stilla. "Kanske att han har fått en annan kär", tänkte Elsalill. "Kanske det är på henne han nu tänker."

Ty sir Archie satt ett litet stycke från de andra. Han satt tyst och stirrade rakt framför sig, utan att dricka. Han tog ingen del i samtalet, och när hans vänner sade något till honom, brydde han sig mestadels inte om att svara.

Elsalill hörde, att de andra försökte att muntra upp honom. De sporde honom varför han inte drack. De rådde honom till och med, att han skulle gå och språka med Elsalill för att bli glad igen.

- Ni ska inte bry er om mig, sade sir Archie. Det är en annan jag tänker på. Jämt ser jag henne framför mig, och jämt hör jag hennes röst ljuda i mina öron.

Och Elsalill såg, att sir Archie satt och stirrade fram mot en av de tjocka pelare, som uppburo källartaket. Nu såg hon också vad hon inte hade märkt förut, att hennes fostersyster stod vid den där pelaren och såg på sir Archie. Hon stod alldeles orörlig i sin gråa dräkt, och det var inte lätt att urskilja henne, där hon höll sig tätt tryckt intill pelaren.

Elsalill stod helt stilla och såg inåt rummet. Hon märkte, att hennes fostersyster höll sina ögon lyfta, då hon såg på sir Archie. Under hela tiden, som hon hade varit med Elsalill, hade hon gått med ögonen nedslagna.

Men hennes ögon voro det enda, som var fasansfullt hos henne. Elsalill såg, att de voro brustna och skumma. De voro utan blick, och ljuset återspeglade sig inte mera i dem.

Om en stund började sir Archie åter jämra sig.

- Jag ser henne alltid. Hon följer mig, vart jag går, sade han.

Han satt vänd mot pelaren, där den döda stod, och stirrade fram mot henne. Men Elsalill förstod, att han inte såg den döda. Han talade inte om henne, utan om någon, som ständigt fanns i hans tankar.

Elsalill stod kvar vid luckan och följde med allt, som skedde. Hon tänkte, att hon helst av allt ville veta vem det var, som sir Archie ständigt bar i sina tankar.

Plötsligen märkte hon, att den döda hade satt sig på bänken bredvid sir Archie och viskade i hans öra. Men sir Archie visste alltjämt ingenting om att hon var honom så nära och att hon satt och viskade i hans öra. Han märkte hennes närvaro endast genom den förfärliga ängslan som kom över honom.

Elsalill såg, att då den döda hade suttit och viskat ett par ögonblick vid sir Archie, lade han ner sitt huvud i händerna och grät.

- Ack, om jag dock aldrig hade funnit den unga jungfrun! sade han. Jag ångrar intet annat, än att jag inte lät den unga jungfrun undslippa, då hon bad mig.

De båda andra skottarna upphörde att dricka och sågo förskräckta på sir Archie, som på detta sätt lade bort all manlighet och gav vika för ånger. De sutto rådlösa en stund, men därpå gick en av dem fram till disken, tog den största dryckeskanna där stod och fyllde den med rött vin. Sedan gick han fram till sir Archie, slog honom på axeln och sade:

- Drick, min bror! Herr Arnes penningar varar ännu. Så länge vi har råd att skaffa oss sådant vin som detta, behöver inte sorgen ta makten över oss.

Men i detsamma, som detta var sagt: "Drick, min bror! Herr Arnes penningar varar ännu", såg Elsalill, att den döda reste sig från bänken och försvann.

Och genast såg Elsalill framför sig tre karlar, som hade stora skägg och ludna skinnkläder och kämpade med herr Arnes folk. Och nu kände hon igen, att de voro de tre männen, som sutto i källaren: sir Archie, sir Filip och sir Reginald.

III

Elsalill gick ut ur rummet, där hon hade stått och sköljt värdinnans bägare, och slöt sakta dörren efter sig. I den smala gången därutanför stannade hon. Hon stödde sig mot väggen och stod där orörlig nära nog en timme.

Medan hon stod där, tänkte hon vid sig själv: "Jag kan inte förråda honom. Han må ha gjort vad ont han vill, men jag håller honom av hjärtat kär. Jag kan inte sända honom till stegel och hjul. Jag kan inte se dem bränna av honom hand och fot."

Stormen, som hade rasat hela dagen, tog till och blev allt väldigare, ju längre det led på kvällen, och Elsalill hörde dess starka brus, där hon stod i mörkret.

"Nu är den första vårstormen kommen", tänkte hon. "Nu har den kommit i sin väldighet för att göra havet fritt och bryta isen. Om några dagar ska vi ha öppet vatten, och då kommer sir Archie att dra härifrån, och aldrig vänder han hit igen. Han kommer inte att begå några flera ogärningar i detta land. Vartill gagnar det då, att han blir infångad och straffad? Varken de döda eller de levande har därav någon hugnad."

Elsalill svepte kappan omkring sig. Hon tänkte, att hon skulle gå hem och sätta sig tyst vid sitt arbete utan att förråda hemligheten för någon människa.

Men innan hon hade lyft sin fot för att gå, hade hon redan uppgivit sin avsikt och blev stående.

Hon stod stilla och hörde stormen brusa. Hon tänkte åter på att nu skulle det snart bli vår. Snön skulle försvinna, och jorden skulle klä sig grön.

"Gud förbarme sig, vad detta blir för en vår för mig!" tänkte Elsalill. "Ingen glädje och ingen lycka kan grönska för mig efter denna vinterns köld."

"Det var endast för ett år sedan", tänkte hon. "Då var jag så lycklig, när vintern var till ända och våren kom. Jag minns en kväll. Den var så vacker, att jag inte kunde sitta hemma vid gården. Då tog jag min fostersyster vid handen, och vi vandrade ut i marken för att ta in grönt löv och pryda ugnsmuren."

Hon stod och drog sig till minnes hur hon och hennes fostersyster hade vandrat utåt en grön stig. Och där vid sidan av vägen hade de sett en liten ungbjörk, som hade blivit avhuggen. Det syntes på veden, att den hade blivit huggen för flera dagar sedan. Men nu sågo de, att det stackars avhuggna trädet hade börjat grönska och att dess blad trängde ut ur knopparna.

Då hade hennes fostersyster stannat och böjt sig ner över trädet.

- Ack, du arma träd, sade hon, vad ont har du väl begått, eftersom du inte kan dö, fastän du är avhugget? Varför måste du slå ut dina blad, som om du ännu levde?

Då hade Elsalill skrattat åt henne och svarat henne:

- Det grönskar väl så ljuvligt, därför att den, som har huggit det, ska se vad skada han har gjort och känna ånger.

Men hennes fostersyster hade inte skrattat. Hon hade fått tårarna i ögonen.

- Det är en stor synd att fälla ett träd i lövsprickningen, då det är så fullt av kraft, att det inte kan dö. Det är förfärligt för en död, då han inte får ro i sin grav. De, som är döda, de kan inte vänta sig mycket gott, de kan varken nås av kärlek eller lycka. Det enda goda, som de ännu begär, det är att få sova i stilla ro. Jag må väl gråta, då du säger, att björken inte kan dö, därför att den tänker på sin mördare. Det är dock det hårdaste öde för en, som har berövats livet, att inte få sova i ro, därför att han måste förfölja sin mördare. De döda har intet annat att eftersträva än att få sova i ro.

När Elsalill påminde sig detta, började hon gråta och vrida sina händer.

- Min fostersyster får inte ro i sin grav, sade hon, om jag inte förråder min älskade. Om jag inte bistår henne härutinnan, då måste hon irra ovan jord utan vila och ro. Min arma fostersyster, hon har inte mer att önska än att få ro i sin grav, och det kan jag inte ge henne, utan att jag sänder den jag har kär till stegel och hjul.

IV

Sir Archie kom ut ur källarsalen och gick fram genom den smala gången. Nu var lyktan, som hängde i taket, åter tänd, och i dess sken såg han, att en ung jungfru stod och stödde sig mot väggen.

Hon var så blek, och hon stod så stilla, att sir Archie blev rädd och tänkte: "Nu äntligen står den döda, som förföljer mig alla dagar, inför mina ögon."

Då sir Archie gick förbi Elsalill, lade han sin hand på hennes för att få veta om det verkligen var en död, som stod där. Och handen var så kall, att han inte kunde säga om den tillhörde en död eller en levande.

Men då sir Archie rörde vid Elsalills hand, ryckte hon den tillbaka, och då kände sir Archie igen Elsalill.

Han trodde, att hon hade kommit dit för hans skull, och han blev mycket glad över att få se henne. I detsamma for en tanke igenom honom: "Nu vet jag vad jag vill göra, på det att den döda må bli försonad och upphöra att förfölja mig."

Han tog Elsalills händer mellan sina och förde dem upp till sina läppar.

- Gud signe dig, därför att du har kommit till mig i kväll, Elsalill! sade han.

Men Elsalills hjärta var så bedrövat. Hon kunde inte tala för tårar ens så mycket, som behövdes för att säga sir Archie, att hon inte hade gått dit för att sammanträffa med honom.

Sir Archie stod tyst en lång stund, men han höll Elsalills händer mellan sina hela tiden. Och ju längre han stod på detta sätt, desto klarare och vackrare blev hans ansikte.

- Elsalill, sade sir Archie, och han talade med mycken högtidlighet. På flera dagar har jag inte kommit till dig, därför att jag har varit plågad av svåra tankar. De har aldrig lämnat mig ro, och jag trodde, att jag var på väg att mista förståndet. Men i kväll har det blivit bättre för mig, och jag ser inte mer för mina ögon den bilden, som plågade mig. Och då jag fann dig

SIR ARCHIES FLYKT

Elsalill kom in i källarsalen, insvept i sin långa kappa, och gick fram till ett bord, där sir Archie satt och drack med sina vänner. En mängd gäster sutto bänkade utmed borden i källarsalen, men Elsalill brydde sig inte om alla de undrande blickar, som kastades efter henne, då hon gick och satte sig vid sidan av den, som hon höll kär. Hon tänkte blott, att under de sista ögonblick, som sir Archie ännu hade sin frihet, ville hon vara tillsammans med honom.

När sir Archie såg Elsalill komma för att ta plats bredvid honom, steg han upp och satte sig med henne vid ett bord, som stod långt nere i salen, undangömt bakom en pelare. Hon kunde se, att han inte tyckte om, att hon hade kommit till honom ute på en källare, där det inte var sed, att unga jungfrur läto se sig.

- Jag har intet långt ärende att säga er, sir Archie, sade Elsalill, men ni måste dock veta, att det inte är möjligt för mig att följa er över till ert land.

När sir Archie hörde Elsalill säga detta, blev han förfärad, ty han fruktade, att om han förlorade Elsalill, så skulle de onda tankarna åter ta väldet över honom.

- Varför vill du inte följa mig, Elsalill? sade sir Archie. Elsalill blev blek som en död. Hennes tankar voro så förvirrade, att hon knappt visste vad hon svarade honom.

- Det kan inte vara gott att följa en landsknekt, sade hon. Ingen vet om en sådan håller loven och tro.

Innan sir Archie hann svara, kom en sjöman in i källarsalen.

Han gick fram till sir Archie och sade till honom, att han var utsänd av skepparen på den stora galeasen, som låg infrusen bakom Klöverön. Nu bad skepparen, att sir Archie och alla hans män i denna kväll skulle göra sin packning i ordning och komma ombord. Stormen hade tagit vid på nytt, och havet hade börjat rensa långt borta i väster. Det kunde hända, att de skulle ha öppen väg över till Skottland före dagningen.

- Du hör vad han säger, sade sir Archie till Elsalill. Vill du följa mig?

- Nej, sade Elsalill, jag vill inte följa er.

Men inom sig blev hon mycket glad, ty hon tänkte: "Nu kan det dock hända, att det ställer sig så, att han drar bort härifrån, innan vakten hinner komma och gripa honom."

Sir Archie reste sig och gick bort till sir Filip och sir Reginald och talade om budskapet.

- Gå ni före mig hem till härbärget, sade han, och ordna med allt! Jag måste ännu tala ett par ord med Elsalill.

När Elsalill såg, att sir Archie kom tillbaka till henne, slog hon ut med händerna som för att visa bort honom.

- Varför kommer ni tillbaka, sir Archie? sade hon. Varför skyndar ni inte ner till havet så raskt, som era fötter kan bära er?

Ty hon hade en så stor kärlek till sir Archie. Hon hade väl förrått honom för sin kära fostersysters skull, men hon önskade intet hellre, än att han skulle undkomma.

- Nej, jag vill först be dig än en gång, att du måtte komma med mig, sade sir Archie.

- Det vet ni dock, sir Archie, att jag inte kan följa er, sade Elsalill.

- Varför kan du inte? sade sir Archie. Du är en så ensam och fattig tös, att ingen frågar efter vad som blir av dig. Men om du kommer med mig, ska jag göra dig till en mäktig fru. Jag är en förnäm man i mitt eget land. Du ska få gå klädd i silke och guld, och du ska få träda dansen i konungens hov.

Elsalill darrade av ängslan över att han dröjde hos henne, medan ännu flykten låg honom öppen. Hon hade knappt ro att svara honom:

- Dra nu hädan, sir Archie! Ni ska inte dröja längre för att be mig.

- Jag vill säga dig något, Elsalill, sade sir Archie och talade till henne med allt vekare röst. När jag först såg dig, då tänkte jag blott på att dåra och locka dig. Jag lovade dig i förstone slott och guld blott på skämt, men alltsedan i förrgår kväll har jag menat det ärligt med dig. Och nu är det min vilja och önskan att göra dig till min hustru. Du kan lita på mig, så sant som jag är en ädling och en krigare.

I detsamma hörde Elsalill, att vapenklädda män tågade fram på torget utanför källaren. "Om jag nu följer honom", tänkte hon, "så kan han ännu undkomma. Jag drar honom i fördärvet, om jag nekar. Det är för min skull han blir sittande här så länge, att vakten hinner att gripa honom. Men jag kan dock inte följa den, som har mördat alla de mina."

- Sir Archie, sade Elsalill, och hon hoppades, att hon skulle kunna skrämma honom. Hör ni inte, att det kommer vapenklädda män tågande över torget?

- Jo, jag hör, sade sir Archie, det har väl varit något slagsmål på en krog. Bli du inte orolig, Elsalill! Det är bara några fiskare, som har kommit i gräl om väder och vind.

- Sir Archie, sade Elsalill, hör ni inte, att de stannar utanför rådhuset?

Elsalill skalv från topp till tå, men sir Archie märkte det inte, utan var alldeles lugn.

- Var vill du väl att de eljest skulle stanna? sade sir Archie. De måste ju föra orostiftarna hit för att sätta in dem i häktet i rådhuset. Lyssna inte efter dem, Elsalill, utan lyssna till mig, som ber dig följa mig över havet!

Men Elsalill sökte än en gång att skrämma sir Archie.

- Sir Archie, sade hon, hör ni inte hur knektarna kommer utför trappan till rådhuskällaren?

-Jo, jag hör, sade sir Archie, de kommer väl hit för att tömma en kanna öl, sedan de har satt sina fångar i säkert förvar. Tänk inte på dem, Elsalill, utan tänk på att i morgon far du och jag på det fria havet till mitt kära fädernesland!

Men Elsalill var blek som ett lik, och hon darrade så, att hon knappt kunde tala.

- Sir Archie, sade hon, ser ni inte hur de talar vid värdinnan där uppe vid disken? De frågar henne väl om någon av dem, som de söker, finns här inne.

- De gör nog upp med henne, att hon ska blanda till åt dem en stark och varm dryck i denna stormiga natt, sade sir Archie. Du kan inte darra och skälva så svårt, Elsalill. Du kan följa mig utan fruktan. Jag säger dig, att om min fader nu ville gifta bort mig med den ädlaste fröken i vårt land, skulle jag ge henne nej. Far du med mig över havet i full trygghet, Elsalill! Du ska resa mot den största lycka och fröjd.

Det samlades allt flera knektar nere vid dörren, och Elsalill kunde inte bärga sig längre för ängslans skull. "Jag kan inte se detta, att de kommer och griper honom", tänkte hon. Hon lutade sig mot sir Archie och viskade till honom:

- Hör ni inte, sir Archie, att knektarna frågar värdinnan om herr Arnes mördare finns här i salen?

Då kastade sir Archie en blick framåt rummet och såg på landsknektarna, som talade med värdinnan. Men han stod inte upp för att fly, som Elsalill hade väntat, utan han böjde sig ner och såg Elsalill djupt in i ögonen.

- Är det du, Elsalill, som har känt igen mig och förrått mig? frågade han.

- Jag har gjort det för min kära fostersysters skull, för att hon skulle få ro i sin grav, sade Elsalill. Gud vet vad det kostade mig att göra det. Men fly nu, sir Archie! Det är ännu tid. De har inte ännu spärrat alla dörrar och förstugor.

- Du vargunge! sade sir Archie. Då jag första gången såg dig på bryggorna, tänkte jag, att jag borde dräpa dig.

Men Elsalill lade sin hand på hans arm.

- Fly, sir Archie! Jag kan inte sitta stilla och se, att de kommer och griper er. Vill ni inte fly utan mig, så ska jag i Guds namn följa er. Men sitt inte stilla här längre för min skull, sir Archie! Allt, vad ni vill, ska jag göra för er, endast ni räddar ert liv.

Men sir Archie var nu mycket vred, och han talade hånligt till Elsalill.

Det var sir Filip och sir Reginald, som hade samlat de skotske och nu kommo för att undsätta honom.

Och sir Archie sprang emot dem och ropade med hög röst:

- Hitåt! Hitåt! För Skottland! För Skottland!

ÖVER ISEN

Då sir Archie vandrade bort över isen, höll han alltjämt Elsalill på sin arm.

Sir Filip och sir Reginald gingo bredvid honom. De ville tala om för honom hur de hade kommit underfund med försåtet och hur det hade lyckats dem att skaffa den tunga penningkistan bort till galeasen och att samla landsmännen, men sir Archie lyssnade inte till dem. Han tycktes gå och samspråka med henne, som han bar på sin arm.

- Vem är det, som du för med dig? frågade sir Reginald.

- Det är Elsalill, svarade sir Archie. Jag ska föra henne med mig över till Skottland. Jag vill inte lämna henne efter mig här. Här skulle hon aldrig bli annat än en fattig fiskrenserska.

- Nej, det kan väl vara troligt, sade sir Reginald.

- Här skulle ingen ge henne annat än kläder av grov ull, sade sir Archie, och en trång bädd av hårda plankor skulle hon få sova i. Men jag ska bädda henne på de mjukaste kuddar, och hennes viloplats ska jag låta göra av marmor. Jag ska svepa om henne det dyraste skinn, och på hennes fötter ska jag låta sätta skor med juvelspännen.

- Du ämnar henne stor ära, sade sir Reginald.

- Jag kan inte låta henne stanna här hemma, sade sir Archie, ty vem skulle här ge sig tid att komma ihåg en sådan fattig stackare? Hon skulle bli förgäten av alla om endast några månader. Ingen skulle se till henne i hennes bostad, ingen skulle uppsöka henne i hennes ensamhet. Men när jag en gång uppnår mitt hem, ska jag där låta bygga henne en skön boning. Där ska hennes namn stå inristat i den hårda stenen, så att ingen ska glömma det. Där ska jag själv varje dag gå till henne, och där ska allt varda inrättat så präktigt, att folk ska komma resande långt ifrån för att besöka henne. Där ska finnas ljus och lampor brinnande natt och dag, och där ska ljuda sång och musik, som vore där ett ständigt gästabud.

Stormen kom våldsamt emot dem, medan de vandrade ute på isen. Den ryckte lös Elsalills kappa och kom den att fladdra ut som en fana.

- Vill du hjälpa mig att bära Elsalill för ett ögonblick, sade sir Archie, medan jag lägger hennes kappa omkring henne?

Sir Reginald tog emot Elsalill i sina armar, men med detsamma blev han så förfärad, att han lät henne glida mellan sina händer ner på isen.

- Jag visste inte, att Elsalill var död! sade han.

VÅGORNAS BRUS

Hela natten gick skepparen å den stora galeasen fram och tillbaka på det höga skansdäcket. Det var mörkt, och stormen ven omkring honom. Den kom drivande än med snö och än med regn. Alltjämt låg isen fast och säker runtom galeasen, så att skepparen likasåväl hade kunnat sova lugnt i sin koj.

Men han höll sig uppe hela natten. Gång efter annan satte han upp handen till örat och lyssnade.

Det var inte gott att veta vad han lyssnade efter. Allt sitt folk hade han ombord och likaså alla de resenärer, som han skulle frakta över till Skottland. De lågo nu allesammans och sovo i skeppsrummen. Ingen av dem förde något samtal, till vilket skepparen kunde lyssna.

Då stormen kom flygande fram över den fastfrusna galeasen, kastade den sig över fartyget, liksom av gammal vana, för att driva det framför sig över havet. Och när galeasen alltjämt låg stilla, tog stormen tag på tag i den. Det rasslade i alla de små istappar, som hängde i tackel och tåg. Det knakade och knarrade i skeppssidorna. Det ljöd hårda smällar i masterna, som pressades så, att de höllo på att brista.

Det var ingen tyst natt. Det hördes som ett lätt gnissel i luften, då snön kom vinande. Det hördes smatter och plask, då regnet piskade ner.

Men i isen uppkom den ena springan efter den andra, och därvid hördes ett dunder, som om det hade legat krigsskepp på havet och de hade lossat hårda skott mot varandra.

Men skepparen lyssnade inte efter något av allt detta.

Han gick uppe hela natten, ända tills en grå dager spred sig över himlen, men han hörde ändå inte det, som han ville höra.

Till sist ljöd genom natten ett sjungande entonigt brus, ett vaggande, smekande ljud såsom av en fjärran sång.

Då skyndade skepparen tvärsöver roddarbänkarna i mitten av galeasen och bort till den höga uppbyggnaden i fören, där hans folk sov.

- Stån nu upp, ropade han till dem, och fatten båtshakar och åror! Nu är snart den stund kommen, då vi bli fria. Jag hör det öppna vattnets brus. Jag hör de fria vågornas sång.

Männen reste sig genast ur sin sömn. De stodo på post längs med skeppssidorna, under det att morgonen långsamt klarnade.

När det äntligen blev så ljust, att de kunde se vad som hade skett under natten, funno de, att vikar och sund gingo öppna långt ut till havs. Men i den viken, där de lågo infrusna, fanns inte en ränna i isen, utan den låg fast och obruten.

Och i sundet, som ledde ut ur viken, hade det tornat upp sig en hög mur av is. Vågorna, som lekte fria därutanför, kastade dit upp isflak efter isflak.

Ute i sundet vimlade det av segel. Det var alla de fiskare, som hade legat infrusna i Marstrand, vilka nu strömmade därifrån. Sjön vräkte hög, och isstycken dansade ännu på vågorna, men fiskarna tyckte sig väl inte ha tid till att vänta på ett lugnt och ofarligt hav, utan de hade börjat sin färd. De stodo i fören på sina båtar och höllo skarp utkik. De små isstyckena motade de undan med en åra, men då de stora kommo, lade de om rodret och veko åt sidan. På galeasen stod skepparen i den högt uppbyggda skansen och såg efter dem. Han förstod, att de hade en besvärlig resa, men han såg också, att den ena efter den andra krånglade sig fram och nådde ut till havet.

Och när skepparen såg seglen glida fram över det blåa havet, grep honom hans längtan så starkt, att hans ögon ville tåras.

Men hans skepp låg stilla, och framför honom upptornade sig isen till en allt väldigare mur.

Där ute i havet flöto inte endast fartyg och båtar, utan stundom kommo också små vita berg av is seglande. Det var väldiga isflak, som hade kastats på varandra och seglade söder ut. De blänkte vita som silver i morgonsolen, och stundom lyste de upp så röda, som hade de blivit belagda med rosor.

Men mitt uppe i den fräsande stormen hördes höga rop. Än lät det som sjungande röster, och än lät det som dånande basuner. Det stod starkt jubel om dessa ljud. Det var så, att hjärtat måste vidgas, när de hördes. De utgingo från ett långt tåg av svanor, som kom farande söder ifrån.

Men då skepparen såg isbergen dra mot söder och svanorna flyga mot norr, kom en sådan längtan över honom, att han vred sina händer.

- Ve, att jag ska ligga här! sade han. När blir det islossning här inne i viken? Här får jag ligga ännu i många dagar och vänta.

Just då han tänkte detta, såg han en man komma körande på isen. Han kom fram ur ett trångt sund åt Marstrandshållet, och han färdades så tryggt på isen, som hade han inte vetat om, att vågorna åter hade börjat bära båtar och skepp.

När han körde fram under galeasen, ropade han upp till skepparen:

- Käre, har du något att äta, där du ligger fastfrusen i isen? Vill du köpa av mig salt sill eller torkad långa eller rökt ål?

Skepparen brydde sig inte om att svara honom. Han knöt näven åt honom och svor.

Då steg fiskmånglaren av lasset. Han tog en tapp hö ur släden och lade framför hästen. Därpå klättrade han upp på galeasens däck.

När han stod framför skepparen, sade han till honom med stort allvar:

- Jag är inte hitkommen i dag för att sälja fisk. Men jag vet, att du är en from man. Därför har jag kommit hit för att be dig, att du skaffar mig till rätta en jungfru, som de skotska knektarna i går förde med sig hit ut till skeppet.

- Jag vet inte om, att de har fört hit ut någon jungfru, sade skepparen. Ingen kvinnoröst har jag hört ombord på skeppet i natt.

- Jag är Torarin fiskmånglare, sade den andre, du har väl

hört talas om mig? Det var jag som åt kväll med herr Arne i Solberga prästgård, samma natt han blev dödad. Sedan dess har jag haft herr Arnes fosterdotter i mitt hus, men i går natt blev hon bortrövad av hans mördare, och de har väl fört henne med sig hit ut till fartyget.

- Finns herr Arnes mördare ombord på mitt fartyg? sade skepparen förfärad.

- Du ser, att jag är en ringa och svag man, sade Torarin. Min ena arm är lam, och därför är jag rädd att kasta mig ut i något vågsamt företag. Jag har vetat i ett par veckor vilka herr Arnes mördare var, men jag har inte vågat försöka att ta hämnd på dem. Men därför att jag har tegat, har de nu kommit undan och har fått tillfälle att föra med sig jungfrun. Och nu har jag sagt, att jag inte vill ha något mer att ångra i denna sak. Jag vill åtminstone försöka att rädda den unga jungfrun.

- Om herr Arnes mördare är här på skeppet, varför kommer då inte stadsvakten hit ut och griper dem?

- Jag har bett och talat hela natten och morgonen, sade Torarin, men vakten vågar sig inte hit ut. Den säger, att här finns hundrade legoknektar ombord, och den vågar inte ta upp striden med dem. Då tänkte jag, att jag fick väl i Guds namn fara ensam hit ut och bedja dig, att du hjälper mig att skaffa reda på jungfrun, ty jag vet, att du är en from man.

Men skepparen brydde sig inte om att svara honom om jungfrun. Han tänkte blott på det andra.

- Hur kan du veta, att mördarna är här ombord? sade han.

Torarin pekade på en stor kista av ek, som stod mellan roddarbänkarna.

- Jag har sett den kistan för ofta i herr Arnes hem för att ta miste på den, sade han. I den ligger herr Arnes penningar, och där hans penningar finns, där finns väl också hans mördare.

- Den där kistan tillhör sir Archie och hans båda vänner sir Reginald och sir Filip, sade skepparen.

- Ja, sade Torarin och såg fast på skepparen, det är så. Den tillhör sir Archie och sir Filip och sir Reginald.

Skepparen stod tyst en stund och såg sig om åt alla sidor.

- När tror du att det blir islossning här i viken? sade han till Torarin.

- Det är underligt här i år, sade Torarin. I den här viken brukar isen gå tidigt upp, ty här är stark ström. Men som det nu är, får du akta dig, att du inte blir skruvad upp på land, då isen kommer i rörelse.

- Jag tänker inte på annat, sade skepparen.

Han stod åter tyst en stund. Han vände ansiktet ut mot havet. Morgonsolen blänkte högt på himlen, och vågorna återkastade dess glans. Fram och åter färdades de fria skeppen, och sjöfåglarna kommo flygande söder ifrån med glädjeskrik. Fiskarna höllo sig i vattenbrynet, de gjorde höga språng och kastade sig glittrande upp ur vattnet, liksom yra efter fångenskapen under isen. Måsarna, som hade hållit sin jakt ute vid iskanten, kommo i stora flockar in mot land för att jaga på de kända platserna.

Skepparen kunde inte uthärda denna syn.

- Är jag någon vän till mördare och missdådare? sade han. Ska jag sluta mina ögon och inte se varför Gud håller havets portar stängda för mitt fartyg? Ska jag förgås för de orättfärdiges skull, som har tagit sin tillflykt hit?

Och skepparen gick bort och sade till sitt folk:

- Jag vet nu varför vi måste ligga innestängda, då alla andra fartyg går ut till havet. Det är därför, att vi har mördare och ogärningsmän ombord.

Därpå gick skepparen till de skotska legoknektarna, som ännu lågo och sovo i skeppsrummet.

- Käre, sade han till dem, hållen er stilla ännu en stund, vad I än måtten få höra för rop eller oväsen ombord! Vi måste följa Guds bud och inte tåla ogärningsmän ibland oss. Om I lyden mig, så lovar jag, att jag ska sätta in till er den kista, där herr Arnes penningar finns, och I skolen få dela dem mellan er.

Men till Torarin sade skepparen:

- Gå ner till släden och kasta ut din fisk på isen! Du ska nu få annan frakt att föra.

Därpå bröto skepparen och hans folk in i den kajutan, där sir Archie och hans vänner sovo. Och de kastade sig över dem, medan de ännu lågo i sin sömn, för att binda dem.

Och då de tre skottarna sökte försvara sig, slogo de dem hårt med sina yxor och handspakar, och skepparen sade till dem:

- I ären mördare och ogärningsmän. Hur trodden I att I skullen undkomma edert straff? Veten I inte, att det är för er skull, som Gud håller havets portar stängda?

Då ropade de tre männen högt på sina kamrater, att de skulle komma och hjälpa dem.

- I skolen inte kalla på dem, sade skepparen. De kommer inte. De har fått herr Arnes penningar att dela, och de håller på att mäta upp silvermynt i sina hattar. För dessa penningars skull är denna onda handeln skedd, och för dessa penningars skull kommer nu straffet över er.

Men innan Torarin hade hunnit att lasta fisken ur släden, kommo skepparen och hans folk ner till honom på isen. De förde mellan sig tre män, som voro väl fängslade. De voro ömkligen slagna och vanmäktiga av sina sår.

- Gud har inte behövt kalla på mig förgäves, sade skepparen. Så snart som jag har förstått hans vilja, har jag åtlytt den.

De lade fångarna på Torarins släde, och Torarin körde med dem genom trånga vikar och sund, där isen ännu låg fast, in till Marstrand. Men fram på eftermiddagen stod skepparen på den höga skansen av sitt fartyg och skådade mot havet. Allting var sig ännu likt runtomkring fartyget, och ismuren framför det fortfor att torna upp sig allt högre. Då såg skepparen, att en lång rad av människor kom tågande ut till hans skepp. Det var alla kvinnor i Marstrand, unga och gamla. De buro alla sorgdräkt, och de förde med sig unga gossar, vilka buro en bår. När de kommo fram till galeasen, sade de till skepparen:

- Vi är komna hit för att hämta en ung jungfru, som är död. Dessa mördare har bekänt, att hon gav sitt liv, för att de inte skulle undkomma, och nu har vi, alla kvinnor i Marstrand, gått ut för att hämta henne till vår stad med all den heder, som henne tillkommer.

Då blev Elsalill funnen och förd ner på isen och buren in till Marstrand, och alla kvinnor i staden gräto över den unga jungfrun, som hade älskat en ogärningsman och gett sitt liv för att fördärva den hon älskade.

Men alltsom kvinnorna framskredo, så bröto storm och vågor in bakom dem och vräkte upp isen, där de nyss hade vandrat, så att, då de voro komna till Marstrand med Elsalill, stodo alla havets portar öppna.

KÖRKARLEN

I

Det var en stackars liten slumsyster, som höll på att dö. Hon hade fått lungsot, och hon hade inte stått emot längre än ett år. I det längsta hade hon gått omkring och skött sina vanliga åligganden, men när det tog alldeles slut med krafterna, hade hon blivit skickad till ett sanatorium. Där hade hon vårdats under några månader utan att bli bättre, och när hon till sist förstod, att allt hopp var ute, hade hon begett sig hem till sin mor, som bodde i ett eget litet hus borta vid en förstadsgata. Nu låg hon till sängs i en trång kammare, densamma, där hon hade bott som barn och ung, och väntade på döden.

Hennes mor satt vid hennes säng, ängslig och sorgsen, men hon gick så helt upp i att ge dottern all den vård, som hon behövde, att hon inte gav sig ro att gråta. En slumsyster, som hade varit den sjukas kamrat i arbetet, stod vid sängfoten och grät helt stilla. Hennes ögon hängde med den största kärlek vid den döendes ansikte, och då tårarna kom och skymde, torkade hon bort dem med en häftig rörelse. På en liten, obekväm stol, som den sjuka hade haft särskilt kär och fört med sig, vart hon än hade flyttat, satt en storvuxen kvinna med ett stort F broderat på klänningskragen. Man hade bjudit henne en annan plats, men hon envisades att sitta på den dåliga stolen, som om detta skulle vara en uppmärksamhet mot den sjuka.

Det var inte en dag som alla andra, utan det var nyårsafton. Ute hängde himlen grå och tung, och så länge som man satt inne, tyckte man, att det var ruskigt och kulet, men kom man ut, så kändes det överraskande ljumt och milt. Marken låg svart, utan snö. En och annan vit flinga föll sakta ner på gatan, men smälte genast. Det såg ut att bli ett stort snöfall, men det ville inte komma i gång. Vind och snö tycktes anse, att det inte lönade mödan att ställa till med något mera bråk på det gamla året, utan ville väl hellre spara sina krafter till det nya, som var i antågande.

Ungefär på samma sätt som med vädret var det med människorna. De tycktes inte heller kunna komma sig för med något. Det var inte någon rörelse ute och inte något arbete inne. Mittför det lilla huset, där den döende låg, fanns en tomt, där man hade börjat påla för ett bygge. På morgonen hade några arbetare kommit dit, dragit upp den stora hejaren under den vanliga skrålande arbetssången och låtit den falla ner igen. Men de hade inte hållit på länge, utan hade rätt snart tröttnat och gått sin väg.

Med allt annat var det på samma sätt. Några kvinnor hade skyndat förbi med korgar för att göra uppköp till helgen. Den trafiken hade varat en stund, men snart upphört. Barn, som hade varit ute på gatan och lekt, hade blivit inkallade för att sätta på sig sina helgdagskläder, och sedan hade de måst stanna inomhus. Hästar, som drog arbetsåkdon, kördes förbi för att sättas i stall allra längst borta i förstaden och få vila ut ett helt dygn. Det blev mer och mer stilla, ju längre det led framåt dagen, och det kändes som en lättnad för varje slags buller, som upphörde.

-Det är gott, att hon får dö så här mot en helg, sade hennes mor. Snart hörs det ingenting mer därutifrån, som kan störa henne.

Den sjuka hade legat medvetslös alltsedan morgonen, och de tre, som var församlade omkring hennes bädd, kunde säga vad som helst, utan att hon hörde dem. Men detta oaktat var det lätt att se, att hon inte låg i någon slö dvala. Hennes ansikte hade växlat uttryck flera gånger under förmiddagen. Det hade sett förvånat och ängsligt ut, det hade haft än en bönfallande, än en ytterligt plågad min; nu hade det en lång stund varit stämplat av en mäktig harm, som förstorade det och förskönade det på samma gång.

Den lilla slumsystern hade blivit sig så olik, att hennes kamrat, som stod vid sängfoten, böjde sig ner till den andra salvationisten och viskade:

- Se, kapten! Syster Edit blir så vacker. Hon ser ut som en drottning.

Den storväxta kvinnan reste sig från den låga stolen för att se bättre.

Hon hade säkert aldrig förr sett den lilla slumsystern utan den ödmjukt glada min, som hon hade burit in i det sista, hur trött och sjuk hon än hade känt sig. Hon blev så förvånad över förändringen i hennes utseende, att hon inte återigen satte sig ner, utan förblev stående.

Den lilla slumsystern hade med en otålig rörelse kastat sig så högt upp på kudden, att hon satt halvvägs upprätt i bädden. Över pannan svävade ett drag av obeskrivlig höghet, och fastän munnen hölls stilla, såg hon ut, som skulle ord av straff och förakt gå över hennes läppar.

Modern såg upp till de två förvånade kvinnorna.

- Hon har varit så där borta de andra dagarna också, sade hon. Var det inte vid den här tiden på dagen, som hon brukade göra sin rond?

Slumsystern kastade en blick på den sjukas lilla nötta klocka som pickade på bordet bredvid sängen.

- Jo, sade hon, så här dags var det, som hon gick ut till de elända.

Hon avbröt sig tvärt och förde näsduken upp till ögonen. Så snart som hon försökte säga något, passade gråten på att komma till utbrott.

Modern tog en av dotterns små hårda händer mellan sina och smekte den.

- Hon har väl haft det alltför tungt med att hjälpa dem att hålla rent i deras lådor och förmana dem för deras olater, sade hon med en viss dämpad ovilja i rösten. När man har haft ett alltför ansträngande arbete, är det svårt att få tankarna ifrån det. Hon tror, att hon går omkring hos dem nu igen.

- Det kan ibland vara så med ett arbete, som man har älskat alldeles för högt, sade frälsningskaptenen stilla.

De såg hur den sjukas ögonbryn svällde och drogs samman, så att rynkan mellan dem blev allt djupare, och hur överläppen kröktes uppåt. De väntade endast på att ögonen skulle öppna sig för att utsända en blick av ljungande harm.

- Hon ser ut som en straffängel, sade frälsningskaptenen i en ton av hänförelse.

- Vad kan de ha för sig där nere i slummen just i dag? undrade hennes kamrat och trängde sig förbi de andra, så att hon kom åt att stryka den döende över pannan. Syster Edit ska inte bry sig om dem mer, fortfor hon och smekte henne än en gång. Syster Edit har gjort nog för dem.

Dessa ord tycktes ha haft förmågan att lösgöra den sjuka från den syn, som hade upptagit henne. Spänningen, den upphöjda vreden vek ur hennes drag. Det milda och lidande uttrycket, som var det vanliga nu under sjukdomen, kom tillbaka.

Hon öppnade ögonen, och då hon såg sin kamrat stå lutad över sig, lade hon sin hand på hennes arm och sökte dra henne ner till sig.

Slumsystern kunde knappt ana sig till vad denna lätta beröring skulle betyda, men hon förstod det bedjande uttrycket i ögonen och böjde sig ända ner till den sjukas läppar.

- David Holm, viskade den döende.

Slumsystern skakade på huvudet. Hon var inte säker på att hon hade hört rätt.

Den sjuka ansträngde sig till det yttersta för att bli förstådd. Hon uttalade orden med uppehåll mellan varje stavelse.

- Skic-ka ef-ter Da-vid Holm!

Hon såg slumsystern in i ögonen, tills hon var säker om att denna hade förstått henne. Därpå lade hon sig till ro på nytt, och om ett par minuter var hon åter borta, upptagen av detsamma som nyss förut, närvarande vid någon förhatlig scen, som fyllde hennes själ med vrede och ångest.

Slumsystern reste sig från sin lutande ställning. Hon grät inte mer. Hon hade gripits av en sinnesrörelse, som hade drivit bort tårarna.

- Hon vill, att vi ska sända efter David Holm!

Det tycktes ha varit något alldeles förskräckligt, som den sjuka hade begärt. Den stora, grova frälsningskaptenen blev lika upprörd som hennes egen kamrat.

- David Holm? upprepade hon. Det är väl inte möjligt. Inte kan man låta David Holm komma till en döende!

Den sjukas mor hade suttit och sett hur dotterns ansikte åter arbetade upp sig till den harmfulla domarminen. Nu vände hon sig frågande mot de två rådvilla kvinnorna.

- Syster Edit vill, att vi ska sända efter David Holm, upplyste frälsningskaptenen, men vi vet inte om det kan vara lämpligt.

- David Holm? frågade den sjukas mor helt osäkert. Vem är David Holm?

- Det är en av dem, som syster Edit har haft mycket arbete med där nere i slummen, men Herren har inte låtit henne få någon makt över honom.

- Kanske det är Guds avsikt, kapten, sade slumsystern tveksamt, att verka på honom genom henne i dessa hennes sista stunder?

Den sjukas mor såg ovilligt på henne.

- Ni har ju fått rå om min flicka, så länge som hon hade en gnista av liv kvar. Låt mig få ha henne för mig nu, då hon ska dö!

Därmed var saken avgjord. Slumsystern återtog sin plats vid sängfoten. Frälsningskaptenen satte sig ner på den lilla stolen, slöt sina ögon och försjönk i en lågt frammumlad bön. De andra hörde av ett och annat ord, att hon bad Gud, att den unga systerns själ skulle få skiljas från detta livet i frid, utan att vidare oroas och störas av sådana plikter och omsorger, som tillhörde denna prövningarnas värld.

När hon var djupt inne i bönen, väcktes hon av att slumsystern lade sin hand på hennes skuldra. Hon slog hastigt upp ögonen.

Den sjuka hade vaknat till medvetande än en gång. Men nu såg hon inte så blid och ödmjuk ut som sist. Något av det hotfulla stormmolnet dröjde kvar över hennes panna.

Slumsystern böjde sig genast framöver henne, och hon hörde nu tydligt nog en förebrående fråga.

- Varför har inte syster Maria skickat efter David Holm?

Det var troligt, att den andra hade velat göra invändningar, men något, som hon läste i den sjukas ögon, tystade henne.

- Jag ska hämta hit honom till syster Edit, sade hon.

Hon vände sig urskuldande till modern: Jag har aldrig sagt nej till något, som syster Edit har bett mig om, och jag kan inte göra det i dag heller.

Den sjuka slöt ögonen med en suck av lättnad, och slumsystern lämnade den lilla kammaren. Där blev allt stilla som förut. Frälsningskaptenen bad tyst i stor ångest. Den döendes bröst arbetade tyngre, och hennes mor flyttade sig närmare sängen liksom för att söka skydda sitt stackars barn mot plågor och död.

Om några sekunder blickade den sjuka åter upp. Hon hade samma otåliga min som förut, men då hon såg, att kamratens plats var tom, kunde hon förstå, att hennes önskan var på väg att uppfyllas, och hon fick ett blidare uttryck. Hon gjorde inte något försök att tala, men hon återföll inte heller i medvetslöshet, utan höll sig vaken.

Det gick i en yttre dörr, och hon nästan satte sig upp i sängen. Slumsystern visade sig strax därpå i sängkammardörren, som hon öppnade det minsta möjliga.

- Jag törs inte komma in, sade hon. Jag är för kall. Vill inte kapten Andersson vara snäll och komma hit ut ett ögonblick?

I detsamma märkte hon hur väntansfullt den sjukas blickar var fästade på henne.

- Jag har inte kunnat finna honom, sade hon. Men jag har träffat Gustavsson och ett par andra av de våra, och de har lovat mig, att de ska skaffa reda på honom. Gustavsson för nog hit honom till syster Edit, om det är någon möjlighet.

Hon hade knappt talat ut, förrän den döende slöt ögonen och försjönk i detta inre skådande, som hade upptagit henne hela dagen.

- Hon ser honom nog, sade slumsystern. Hennes röst lät

harmsen, men hon rättade sig genast. Halleluja, det är ingen olycka, att det sker, som är Guds vilja.

Hon drog sig sakta tillbaka ut i det yttre rummet, och frälsningskaptenen följde henne.

Där ute stod en kvinna, som knappast kunde vara mer än trettio år gammal, men som hade en så grå och liksom omilt tillskrynklad hy, ett så tunt hår och en så avmagrad gestalt, att mången åldring inte var så illa lottad som hon i dessa avseenden. Därtill var hon så tarvligt klädd, att man kunde tro, att hon hade satt på sig några särskilt dåliga paltor för att gå ut på en tiggarvandring.

Frälsningskaptenen såg på denna kvinna med en känsla av häftigt uppstigande ångest. Det var inte hennes eländiga kläder eller hennes förtidiga ålderdom, som var det värsta med henne, utan det var den stela orörligheten i hennes anletsdrag. Det var en människa, som rörde sig, gick och stod, men som tycktes vara alldeles okunnig om var hon befann sig. Hon tycktes ha lidit så förfärligt, att hennes själ stod vid något slags vändpunkt. I nästa ögonblick kunde den brista ut i vansinne.

- Detta är David Holms hustru, sade slumsystern. Jag fann henne så här, då jag kom opp i deras bostad för att kalla hit honom. Han var utgången, och hon gick där ensam och kunde inte svara ett ord på vad jag frågade henne. Jag tordes inte gå ifrån henne, utan jag tog henne med mig hit.

- Är detta David Holms hustru? utropade frälsningskaptenen. Jag har bestämt sett henne förr, men jag kan inte känna igen henne. Vad kan det ha hänt henne?

- Det syns väl vad som har hänt henne, svarade slumsystern häftigt, liksom gripen av ett vanmäktigt raseri. Det är mannen, som håller på att plåga ihjäl henne.

Frälsningskaptenen betraktade kvinnan om och om igen. Ögonen stod utsprängda ur sina hålor, och pupillerna stirrade envist rätt fram. Ett par av fingrarna vreds oupphörligen om varandra, och gång efter annan trängde ett svagt huttrande över läpparna.

- Vad har han gjort åt henne? sade hon.

- Jag vet inte. Hon har inte kunnat svara mig. Hon satt och huttrade så där, när jag kom. Barnen var ute, och det fanns ingen att fråga. O, Herre Gud, att detta skulle komma just i dag! Hur ska jag kunna sköta om henne nu, då jag bara vill tänka på syster Edit?

- Han har väl slagit henne.

- Det har varit något ändå värre. Jag har nog sett dem, som har blivit slagna, och de plägar inte vara sådana. Nej, det har varit något mycket värre, tog hon i med stigande förfäran. Vi såg ju på syster Edits ansikte, att det hände något förskräckligt.

- Ja! utbrast frälsningskaptenen. Vi kan förstå nu, att det var detta hon såg. Och Gud vare tack och lov för att syster Edit fick se det, så att ni kom dit i tid, syster Maria! Gud vare tack och lov! Det är säkert hans mening, att vi ska kunna rädda hennes förstånd.

- Men vad ska jag ta mig till med henne? Hon följer mig, då jag tar hennes hand, men hon hör inte vad jag säger. Själen är bortflugen. Hur ska vi kunna fånga in den igen? Jag har ingen makt över henne. Kanske det går bättre för er, kapten Andersson?

Den storväxta frälsningskaptenen tog den stackars kvinnans hand och talade till henne med än mild och än sträng röst, men inte ett spår till medvetande visade sig på hennes ansikte.

Mittunder dessa fåfänga ansträngningar stack den sjukas mor in huvudet genom dörren.

- Edit blir orolig, sade hon. Det är bäst, att ni kommer in.

Båda salvationisterna skyndade in i den lilla kammaren. Den sjuka kastade sig fram och tillbaka i bädden. Men hennes oro tycktes snarare ha berott av någon själens ängslan än av egentliga kroppsplågor. Hon blev lugnare, så snart som hon såg sina två vänner på de vanliga platserna, och slöt ögonen.

Frälsningskaptenen gav slumsystern ett tecken att stanna kvar hos den sjuka, men själv reste hon sig för att smyga sig ut igen. I detsamma öppnades dörren, och David Holms hustru kom in.

Hon gick fram till sängen och blev stående där med medvetslöst stirrande ögon, huttrande som förut och vridande sina hårda fingrar, så att de knäppte i lederna.

Under en lång stund kunde man inte märka, att hon visste vad hon såg, men helt sakta mildrades stelheten i blicken. Hon böjde sig framåt, närmade sig alltmer den döendes ansikte.

Det kom nu något hotfullt och hemskt över kvinnan. Fingrarna skilde sig åt och kröktes. De två frälsningssoldaterna sprang upp, i fruktan att hon skulle kasta sig över den döende.

Då slog den lilla slumsystern upp ögonen, såg på den förfärliga, halvt vansinniga varelsen framför sig, reste sig upp i sängen och slog armarna omkring henne. Hon drog henne intill sig med all den styrka, varav hon var mäktig, och kysste hennes ansikte, hennes panna, hennes kinder och mun, alltmedan hon framviskade:

- Ack, stackars fru Holm! Stackars fru Holm!

Den fattiga, olycksslagna kvinnan tycktes först vilja dra sig tillbaka, men plötsligen gick en ryckning genom hennes kropp. Hon bröt samman i snyftningar och sjönk ner på knä bredvid sängen, alltjämt med huvudet tryckt mot den döendes kind.

- Hon gråter, syster Maria, hon gråter, viskade frälsningskaptenen. Hon blir inte vansinnig.

Slumsystern knöt handen hårt om den tårdränkta näsduken och viskade med ett förtvivlat bemödande att göra rösten stadig:

- Det är bara hon, som kan göra sådant, kapten. Vad ska det bli av oss, då hon är borta?

I nästa ögonblick uppfångade de en bedjande blick från den sjukas mor.

- Ja visst, sade frälsningskaptenen, vi måste skaffa bort henne. Det går väl heller inte an, att mannen träffar henne här, om han skulle komma. Nej, syster Maria ska stanna hos sin vän! fortsatte hon, då slumsystern ville lämna rummet. Jag ska ta vård om den här andra.

II

Denna samma nyårsafton, men så sent, att det är natt och mörker, sitter tre karlar och dricker öl och brännvin i den lilla planteringen, som omger stadskyrkan. De har slagit sig ner på en vissnad gräsmatta under några lindar, vilkas svarta grenverk glänser av fuktighet. Förut på kvällen har de hållit till på en källare, men efter stängningstiden har de satt sig ute i det fria. De vet mycket väl, att det är nyårsnatt, och det är just fördenskull, som de har begivit sig in i kyrkplanteringen. De vill vara så nära tornuret, att de inte kan undgå att höra, när det är tid att dricka det nya årets skål.

De sitter inte i mörker, utan är rätt väl belysta av skenet, som de höga elektriska lamporna vid de angränsande gatorna kastar in i kyrkplanteringen. Två av dem är gamla och förfallna, ett par olyckliga landsvägsvandrare, som har slunkit in till staden mot helgen för att supa upp sina sammantiggda slantar. Den tredje är en man på några och trettio år. Han är mycket sluskigt klädd, han som de andra, men han är lång och välbilddad och förefaller att ännu vara kraftig och obruten.

De är rädda för att bli upptäckta och bortdrivna av polisen och har därför satt sig tätt tillsammans för att kunna tala lågt, nästan viskande. Det är den yngre karlen som för ordet, och de andra två lyssnar till honom med sådan uppmärksamhet, att de en lång stund har låtit flaskorna ligga orörda.

- Jag hade en gång en kamrat, säger den talande, och hans röst har en mycket allvarlig, nästan hemlighetsfull klang, medan det lyser en glimt av illfundighet i hans ögon, som blev sig alldeles olik på nyårsafton. Inte så, att han på den dagen gick igenom några stora räkenskaper och var missnöjd med årsvinsten, utan därför, att han hade hört talas om något farligt och hemskt, som man kunde råka ut för den dagen. Jag försäkrar herrarna, att han satt tyst och ängslig från morgon till kväll och inte såg åt en sup en gång. Han var inte ledsen av sig annars, men att en nyårsnatt få honom med ut på ett sådant här litet skämt skulle ha varit likaså omöjligt, som det vore för någon av herrarna att få dricka brorskål med landshövdingen.

Jaså, herrarna undrar vad han var rädd för. Det var inte lätt att få ur honom, men en gång talade han ändå om det för mig. Men herrarna kanske inte önskar höra det i natt? Det känns litet kusligt i en sådan här kyrkplantering, som nog tör ha varit kyrkogård förr i tiden, eller vad tycker herrarna?

De två landstrykarna förklarar naturligtvis genast, att de inte vet vad spökrädsla vill säga, och han fortsätter.

- Han var av bättre folk kommen, den här, som jag talar om. Han hade legat och studerat i Uppsala, så att han visste litet mer än vi andra, ser herrarna. Och vet herrarna, att han höll sig så där nykter och stilla på nyårsafton, bara för att han inte skulle råka ut för något slagsmål eller någon olyckshändelse och komma att dö den dagen. Han brydde sig inte om, ifall han gick åt vilken annan dag som helst, bara det inte hände honom något dödligt på nyårsafton, för då trodde han, att han skulle bli tvungen att köra dödskärran.

- Dödskärran? upprepar de båda åhörarna på en gång med ett frågande tonfall.

Den långa karlen roar sig med att öka deras nyfikenhet genom att än en gång fråga om de verkligen vill höra historien, då de sitter där de sitter, men de ivrar för att han ska fortsätta.

- Jo, den här kamraten påstod alldeles säkert, börjar han, att det ska finnas en gammal, gammal kärra av samma slag, som bönderna brukar, då de kör in varor till torget, men så förstörd, att den aldrig borde få visa sig på en landsväg. Den är så nerstänkt av ler och så dammig, att man knappt ser vad den är gjord av. Hjulaxeln är bräckt, och hjulringarna sitter så lösa, att de skramlar, hjulen har inte sett smörja, så länge som man kan minnas tillbaka, och gnisslar så, att man kan bli tokig. Den har kärrbottnen uppmurken och åkdynan trasig och uppriven och halva karmen kring åkstolen bortsliten. Och till den kärran hör en gammal, gammal häst, som är enögd och halt och grå av ålder i man och svans. Den är så mager, att ryggraden står opp som ett sågblad under skinnet och alla revbenen kan räknas. Den är stelbent och lat och ovillig och rör sig inte så fort, som ett barn kryper. Och till den hästen finns det seldon, som är utnötta och sönderfrätta och har förlorat alla sina söljor och hakar, så att de nu är sammanfogade med segelgarnsstumpar och björkvidjor. De har inte kvar ett enda beslag av mässing eller silver, bara några glesa och smutsiga garntofsar, som är mera till vanprydnad än till prydnad. Och tömmarna är passande till seldonen, för de består bara av knut vid knut och har blivit lagade så länge, att nu kan ingen mer göra något åt dem.

Han håller upp och sträcker ut handen efter en flaska, kanske mest för att åhörarna ska få tid på sig att rätt besinna vad de har fått höra.

- Herrarna tycker kanske inte, att det här låter så märkvärdigt, tar han vid på nytt, men se, nu är saken den, att till de seldonen och de klena tömmarna finns det en körkarl, som sitter krokig och led i den trasiga kärrsitsen och kör den gamla hästen. Han är blåsvart om läpparna och gråblek om kinderna, och ögonen är dunkla som sönderslagna speglar. Han är klädd i en lång, svart, nerfläckad kåpa med en stor hätta, som han drar ner över ansiktet, och i handen håller han en rostig och slö lie på ett långt skaft. Och ser herrarna, den mannen, som sitter och kör med de där hopknutna tömmarna, han är inte någon vanlig körkarl, utan han är i tjänst hos en sträng herre, som heter Döden. Natt och dag måste han fara omkring i hans ärenden. Så snart som någon ska dö, bör han vara tillstädes, förstår herrarna, och då kommer han också skramlande i sin gnisslande gamla kärra så fort, som den halta hästen kan släpa fram honom.

Berättaren gör ett uppehåll och försöker att få syn på kamraternas ansikten. När han märker, att de är så uppmärksamma, som han någonsin kan begära, fortsätter han:

- Herrarna har säkert sett en eller annan avritning av Döden, och då har herrarna kanske märkt, att han mestadels brukar gå till fots. Men det här är inte heller Döden själv, utan bara hans körkarl. Se, man får tänka sig, att en så hög herre kanske bara vill bärga in den allra förnämsta skörden och de små fattiga strån och örter, som står utmed vägkanten dem får hans körkarl ta vara på. Men nu ska herrarna lägga märke till det allra märkvärdigaste i den här historien. Jo, det lär förhålla sig så, att fastän det ständigt är samma kärra och samma häst, som far omkring i det där ärendet, så är det inte alltid samma körkarl. Det är den sista människan, som dör under året, den, som ger opp andan, just som klockan slår tolv på nyårsnatten, som är förutbestämd att bli körkarl åt Döden. Hans döda kropp blir begravd som alla andras, men hans vålnad måste sätta på sig kåpan och fatta om lien och fara omkring från dödshus till dödshus under ett helt år, ända tills han blir avlöst nästa nyårsnatt.

Han tystnar och ser på de små karlarna med en blick av illfundig förväntan. Han märker, att de vänder blickarna uppåt, i fåfängt bemödande att se vilken tid tornuret utvisar.

- Klockan slog nyss tre kvart till tolv, upplyser han, så att herrarna behöver inte ha det minsta bekymmer för att den farliga timmen redan är inne. Men nu förstår herrarna kanske vad det var, som min kamrat var rädd för. Ingenting annat, än att han skulle dö, just då klockan slog tolv på nyårsafton, och nödgas bli en sådan där körkarl. Jag tror, att han hela den dagen satt och inbillade sig, att han hörde dödskärran gnissla och skramla. Och vet herrarna, att det märkvärdiga är, att han lär ha dött i fjol just på själva nyårsafton.

- Dog han *strax före* årsskiftet också?

- Jag vet bara så mycket, som att han dog på nyårsafton, men timglaset har jag inte reda på. Nå, det hade jag kunnat förutspå honom, att han skulle dö just den dagen, så som han brukade ängsla sig för den. Om herrarna skulle få en sådan där inbillning, så skulle det kunna gå herrarna likadant.

De två små karlarna har liksom på gemensam överenskommelse fattat om var sin flaskhals och tagit sig var sin långa sup. Därpå börjar de att långsamt och fumligt resa på sig.

- Nej men herrarna tänker väl aldrig på att bryta laget, innan midnatt är slagen? säger han, som har berättat historien, när han märker, att han har lyckats alltför väl i att skrämma dem. Jag kan väl aldrig tro, att herrarna fäster den minsta vikt vid en sådan här gammal saga? Den kamraten, som jag hade, han var mera vek av sig, ser herrarna, inte riktigt av gammal, svensk, kärnfrisk stam som vi andra. Nå, nu tar vi en sup och sätter oss ner igen!

Det var ju väl, fortsätter han, när han åter har dem nere på marken, att vi får sitta kvar. Detta är det första ställe, där jag har fått vara i ro på hela dagen. Varhelst jag annars har visat mig, har jag blivit överfallen av frälsningssoldater, som vill, att jag ska gå till syster Edit, som lär hålla på att dö. Men jag har betackat mig. Man går väl inte frivilligt och utsätter sig för ett sådant där äckligt predikande.

De små karlarna, så omtöcknade de är efter de sista långa suparna, spritter till båda två, då de får höra talas om syster Edit, och frågar om det är hon, som förestår slumstationen här i staden.

- Ja, visst är det hon, svarar den yngre mannen. Hon har hedrat mig med sin synnerliga uppmärksamhet hela detta år. Jag hoppas, att hon inte hör till herrarnas närmare bekanta, så att sorgen blir alltför stor.

Det måtte leva hos de två landstrykarna något minne av en välgärning, som syster Edit har bevisat dem. De förklarar med stor bestämdhet och enighet, att det är deras åsikt, att om syster Edit önskar råka någon, vem det vara må, så bör denne någon genast gå till henne.

- Jaså, det är herrarnas mening, säger deras kamrat. Jag ska också gå, om herrarna, som känner mig så tämligen väl, kan säga mig vad syster Edit skulle ha för en glädje av att träffa mig.

Ingen av de båda små luffarna inlåter sig på att besvara hans fråga. De bara yrkar på att han ska bege sig av, och då han alltjämt nekar och retas med dem, gripes de av en så häftig vrede, att de förklarar, att om han inte går godvilligt, så ska de klå upp honom.

Härvid reser de sig och kavlar upp rockärmarna för att gå till anfall.

Deras motståndare, som vet med sig, att han är den största och starkaste karlen i hela staden, fattas av en plötslig medkänsla med de svaga stackarna.

- Om herrarna nödvändigt ska ha det på det sättet, säger han, så är jag naturligtvis färdig när som helst. Men jag får säga, att jag tycker, att vi lika gärna kunde göra opp det här i godo, i all synnerhet med tanke på det, som jag nyss har berättat herrarna.

De berusade männen vet kanske knappt mer vad som har retat dem, men nu är deras stridslystnad väckt, och de kastar sig över honom med knutna nävar. Han återigen är så säker på sin överlägsenhet, att han inte en gång bryr sig om att stiga upp, utan förblir sittande på marken. Han bara sträcker ut armarna och slänger undan angriparna till höger och vänster som ett par hundvalpar. Men som hundvalpar kommer de tillbaka, och härvid lyckas en av dem att ge den stora, starka karlen en rätt hård stöt för bröstet. Ögonblicket därefter känner han, att något varmt stiger upp ur hans strupe och fyller munnen. Som han vet med sig, att han har ena lungan förtärd, anar han, att detta är början till en blodstörtning. Han upphör att strida och kastar sig ner på marken, medan en bred blodström forsar fram över hans läppar.

Detta är ju i och för sig en svår olycka, men det, som gör, att den snart blir nästan obotlig, är, att kamraterna, när de känner det varma blodet stänka över deras händer och ser honom sjunka ner till marken, får den tron, att de har mördat honom, och ger sig på flykt, så att han blir lämnad ensam. Blodstörtningen upphör visserligen efter hand, men så snart han gör det minsta försök att resa sig, kommer den i gång på nytt.

Det är ingen särdeles kall natt, men där han ligger utsträckt på marken, börjar fuktighet och kyla att pina honom. Det faller honom in, att han är på väg att bli alldeles förstörd, om inte någon människa kommer till hans hjälp och för honom under tak. Han ligger så gott som mitt i staden, och eftersom det är nyårsnatt, är en mängd människor uppe, och han hör dem gå på gatorna, som löper runtom kyrkplanteringen, men ingen beger sig in i denna. De är inte längre borta, än att han mycket väl kan höra sorlet av deras röster, och han tycker, att det är hårt, att han ska gå under av brist på hjälp, när den ändå finns så nära.

Han ligger och väntar en stund till, men kölden plågar honom allt svårare, och då han känner, att det är omöjligt för honom att resa sig upp, så besluter han att åtminstone försöka kalla någon till sig.

Men han har otur än en gång, på det sättet att just som han sänder ut sitt nödrop, börjar klockan i tornet ovanför honom att slå tolv. Människorösten blir alldeles förkvävd i den starka metallklangen, så att det är ingen, som fäster sig vid den. Han kan inte heller göra om försöket, därför att blodflödet börjar på nytt efter ansträngningen. Det blir nu så ytterligt häftigt, att han knappt hinner tänka den tanken, att allt blod, som finns i hans kropp, håller på att lämna den, förrän detta redan tycks vara skett. "Det kan ju inte vara möjligt, att jag ska dö nu, medan klockan slår midnatt, tänker han, och i detsamma har han en känsla av att han slocknar som ett utbrunnet ljus. Han sjunker ner i mörker och medvetslöshet i samma ögonblick, som det sista dånande klockslaget förklingar och förkunnar att det nya året har inbrutit.

III

Strax efter att tornuret har dundrat fram tolv vittljudande slag, skär sig ett kort och vasst gnisslande fram genom luften.

Det återkommer oupphörligt med bara ett ögonblicks mellanrum, alldeles som om det skulle utgå från ett osmort hjul på något åkdon, men det är ett mycket skarpare och obehagligare ljud, än vad ett aldrig så dåligt fordon brukar kunna åstadkomma. Det ledsagas av ångest. Det väcker upp fruktan för allt, som tänkas kan, av pina och kval.

Det är en lycka, att det inte tycks vara hörbart för de flesta av dem, som har gått uppe och väntat på årsskiftet. Om det hade varit hörbart, skulle alla de glada ungdomar, som har vandrat fram och tillbaka på gatorna runtom torget och kyrkplanteringen hela natten och nu tillropar varandra ett gott nytt år, ha bytt ut lyckönskningarna mot jämmer över allt det onda, som förestår dem själva och deras vänner. Om det hade varit hörbart, skulle den lilla församlingen, som firade sin nyårsvaka i missionskapellet och just nu stämde upp nyårspsalmen med lov och tack till Gud, ha trott sig höra hånande tjut och skrän ifrån fallna andar blanda sig i sången. Om det hade varit hörbart, skulle talaren, som stod med champagneglaset i sin hand mitt i ett festligt lag och utbringade ett leverop för det nya året, ha tystnat för att lyssna till det som till en vidrig korpalåt med varsel om misslyckande av allt, vad han har hoppats och velat. Om det hade varit hörbart, skulle alla de, som den natten vakade i sina tysta hem och rannsakade sitt görande och låtande under det gångna året, ha känt en skärande förtvivlan över egen oförmåga och svaghet sarga sina hjärtan.

Det är en lycka, att gnisslet inte är hörbart mer än för en enda människa och att denna människa är en sådan, som väl behövde bringas till oro, till samvetskval och till självförakt, om detta vore möjligt.

IV

Mannen, som har haft den svåra blodstörtningen, ligger och kämpar för att komma till sans igen. Han tycker, att det är något, som väcker honom, att en gällt skrikande fågel, eller vad det kan vara, flyger fram över hans huvud. Men han är försjunken i en skön, välbehaglig vila och kan inte rycka sig lös ur den.

Strax därpå är han övertygad om att det inte är någon fågel, som skriker; i stället är det den gamla dödskärran, som han har berättat om för de två luffarna, som kommer körande genom kyrkplanteringen och gnisslar och knarrar så förskräckligt, att han inte kan få sova. Men halvt medvetslös, som han ligger där, visar han ifrån sig tanken på att det kan vara dödskärran. Det är bara därför, att han så nyss har haft den i tankarna, som han inbillar sig höra den.

Han sjunker ner i dvalan på nytt, men det envisa gnisslet kommer åter farande genom luften och låter honom inte finna någon ro. Han börjar nu få klart för sig, att det han hör är gnisslet från ett verkligt åkdon. Det är inte någon inbillning, utan full verklighet, och det ges intet hopp, att det ska upphöra.

Då finner han, att han måste besluta sig för att vakna. Det är ingen annan råd.

Han lägger genast märke till att han ligger kvar på samma ställe och att ingen har hjälpt honom. Allt är sig likt, utom att ett par korta och skarpa gnisslanden far genom luften. De tycks komma långt borta ifrån, men de är så ihållande och skär så vasst i hans öron, att han genast får klart för sig, att det är dess ljud, som har väckt honom.

Han undrar om han har legat sanslös länge, men det förefaller inte troligt. Människorna är så nära, att han hör hur de just nu tillropar varandra gott nytt år, och därav sluter han, att det inte kan vara långt efter midnatt.

Gnisslet kommer tillbaka gång på gång, och som mannen alltid har varit ömtålig för skärande och gnisslande ljud, tycker han, att det skulle vara gott, om han vågade resa på sig och gå sin väg, så att han sluppe ifrån oväsendet. Han kunde väl åtminstone göra ett försök. Han mår riktigt bra nu efter uppvaknandet. Det förefaller inte mer, som om han skulle ha ett öppet, gapande sår inne i bröstet. Han varken fryser eller är matt längre, känner inte av sin kropp, alldeles som det brukar vara, då man är fullt frisk.

Han ligger ännu kvar på sidan, såsom han har kastat sig, då blodstörtningen började, och nu vill han för det första vända sig på rygg för att prova vad hans sköra kropp kan tåla. "Nu lyfter jag mig på armbågen helt försiktigt", tänker han, "vänder på mig och sjunker ner igen."

Mannen är van, som vi alla är, att när tanken säger: "nu gör jag det och det", så är det verkställt i samma ögonblick. Men denna gång händer honom det märkvärdiga, att kroppen blir liggande stilla utan att verkställa de föreskrivna rörelserna. Den ligger helt enkelt fullkomligt orörlig. Kan det vara möjligt, att han har legat där så länge, att han har stelnat till is? Men om han vore så genomfrusen, skulle han ju vara död, och han lever ju, han både ser och hör. Det råder ingen köld för övrigt, det dryper och droppar från träden ovan honom.

Han har varit så upptagen av att undra vad det är för en märkvärdig förlamning, som har drabbat honom, att han för en stund har glömt det plågsamma gnisslet. Men nu hör han det på nytt. "Ja, nu är det inte mer att tänka på att söka undkomma den där musiken", David, säger han. "Nu får du härda ut med den, så gott du kan."

Det är inte lätt för en man, som nyss har känt sig frisk och färdig och inte är det minsta sjuk nu heller, att ge sig till táls med att ligga orörlig. Han gör oupphörliga försök att åtminstone leda på ett finger eller höja ett ögonlock. Men allt är lika omöjligt. Han börjar undra hur han bar sig åt förr i världen, när han kunde röra sig. Han tycker, att han på något sätt har råkat glömma konsten.

Härunder fortfar gnisslet att närma sig. Det är inte längre borta nu, än att han kan höra, att det utgår från ett åkdon, som helt sakta kör utför Långgatan ner mot torget. Och något eländigt rackartyg är det, som kommer, det är säkert. Nu hörs det inte bara hur det gnisslar i hjulen, utan också hur det knakar i trävirket och hur hästen för varje steg slinter mot gatläggningen. Det kunde inte låta värre, om den eländiga dödskärran, som hans gamla kamrat hade sådan respekt för, vore i antågande.

"Vi två, David", tänker han, "brukar väl inte ha någon särskild förkärlek för polisen, men om den ville passa på nu och göra slut på det här oväsendet, så skulle vi tacka den."

Mannen brukar skryta med att han har ett starkt humör, men han börjar frukta, att den här gnisselmusiken i samband med allt annat, som har hänt honom denna natt, ska göra slut på det. Han har några otäcka funderingar, att han ska bli funnen, som han nu ligger, och bli ansedd för död samt föras bort för att svepas och begravas. "Allt, vad som då säges omkring din döda kropp, det får du ligga och höra på, och det lär kanske inte ljuda vackrare än det, som du nu lyssnar till."

Det är troligen gnisslet, som vållar, att han på en gång måste tänka på syster Edit, inte med något slags samvetskval, men med en förargad känsla av att hon på något sätt har fått seger över honom.

Gnisslet fyller luften och skär i öronen, men det väcker inte hos den här mannen någon ånger över oförrätter, som han har tillfogat andra, bara vreda påminnelser om allt det onda och obehagliga, som andra har tillfogat honom.

Mittunder det att han beklagar sig som värst, håller han stilla och lyssnar ansträngt en hel minut. Jo, så sant han levde! Åkdonet har farit Långgatan i ända, men det har inte vikit av neråt torget. Hästen slinter inte mer på de små kullriga gatstenarna, nu trampar den en sandgång. Den kommer åt hans håll. Den har kört in i kyrkplanteringen.

I sin glädje över att han möjligen ska få hjälp gör mannen ännu ett försök att resa sig. Men det avlöper på samma sätt som de föregående. Det är bara tanken hos honom, som är rörlig.

Men till gengäld hör han, att det gamla åkdonet verkligen kommer närmare. Hela tiden knakar det i trävirket och knarrar i seldoningen och gnisslar i de osmorda hjulen och låter så skröpligt, att han börjar frukta, att det ska falla i stycken, innan det hinner fram dit, där han ligger.

Det rör sig otroligt långsamt, och otålig, som han har blivit av att ligga ensam och hjälplös, tycker han, att det går åt mer tid, innan det hinner fram, än det verkligen gör. Och vad det kan vara för ett åkdon, som kommer körande in i kyrkplanteringen mitt i nyårsnatten, kan han inte reda ut för sig. Kusken är kanske full, när han tar sådana vägar. Han kommer inte att få någon hjälp av honom.

"Det är gnisslandet, som gör dig missmodig, David", tänker han. "Kärran har inte tagit av neråt en annan allé, som du ligger och inbillar dig, utan den kommer rätt emot dig."

Åkdonet kan inte vara mer än ett par steg från honom nu, men det är det förskräckliga gnisslet, som han inte har kunnat motstå, som har gjort honom modlös. "Du har otur i kväll, David", tänker han. "Du ska få se, att det är en ny olycka, som närmar sig. Det är någon tung vält, som kommer och kör över dig, eller något annat i den vägen."

I nästa ögonblick får mannen se vad det är, som han har legat och väntat på, och fastän det ingalunda är någon vält, som kommer för att krossa honom, håller det i alla fall på att skrämma honom från vettet.

Han kan inte röra sina ögon mer än något annat i sin kropp och kan därför bara se det, som är mittframför honom. Som nu det gnisslande åkdonet kommer från sidan, så framträder det stycke för stycke. Det första, som visar sig för honom, är ett gammalt hästhuvud med grånad lugg och blint på det ögat, som är vänt åt honom. Sedan kommer framdelen av en häst, som inte har mer än en kort stump kvar av det ena benet och bär seldon, som är lagade med snörstumpar och björkvidjor och prydda med smutsiga garntofsar. Så syns hela den eländiga hästen, hela den eländiga kärran med söndrig karm och lösa, vacklande hjul, en vanlig torgkärra, men så illa åtgången, att ingenting tycks kunna fraktas i den.

Körkarlen sitter i kärrsitsen, och han stämmer lika noga överens med den beskrivning, som mannen själv nyss har gjort av honom och hans åkdon, som allt det andra. Han håller ett par tömmar, som bara består av knut vid knut, mellan sina händer, kapuschongen är nerdragen över ögonen och han sitter krokig, liksom böjd av en trötthet, som aldrig kan bli utvilad.

När mannen kort förut svimmade efter den svåra blodstörtningen, tyckte han, att hans själ fladdrade bort ifrån honom som en slocknande låga. Så är det inte nu, utan nu tycker han, att den skakas och vrides och röres om, så att den aldrig kan komma på rätt led igen. Man kan tycka, att av allt, som har föregått åkdonets ankomst, borde han ha väntat sig att få se något övernaturligt, men om han än har haft en och annan tanke åt det hållet, har han inte fäst någon vikt vid den. När han nu ser framträda för sina ögon sådana föremål, som han har hört omtalas i en saga, vill detta inte gå ihop med något, som han förut har varit med om.

"Det här kommer att göra mig tokig, David", tänker han mitt i förvirringen. "Det är inte nog med att min kropp är förstörd, nu går det också ut över mitt förstånd."

Det, som räddar honom, är, att han i samma ögonblick får se körkarlens ansikte. Hästen har nu stannat mittframför honom, och därvid har körkarlen rätat upp sig, såsom hade han vaknat ur en dröm. Han har skjutit kapuschongen tillbaka med en trött rörelse och blickat sökande omkring åt alla håll. Och härvid har den på marken liggande mött hans ögon och sett, att han var en gammal bekant.

"Det är ju Georges", tänker han. "Nog är han märkvärdigt utstyrd, men jag känner igen honom, jag känner igen honom."

- Kan du säga mig, David, var han kan ha hållit till hela denna tid? fortsätter han för sig själv. Jag tror inte, att vi har råkat honom på ett helt år. Men Georges är en fri man, inte bunden av hustru och barn som du, David. Han har väl varit ute på en långtur, kommer kanske överst från nordpolen. Jag tycker, att han ser blek och förfrusen ut.

Han betraktar körkarlen noga, ty det är något i ansiktsuttrycket, som är honom främmande. Men det måste vara Georges, hans gamla kamrat och dryckesbroder, det är inte möjligt annat. Han känner igen honom på det stora huvudet med örnnäsan, de väldiga svarta mustascherna och pipskägget. Den, som hade ett utseende, som vilken sergeant, ja, man kunde säga, som vilken general som helst skulle vara stolt över, kunde inte hoppas att inte bli igenkänd av en gammal vän.

- Vad är det du säger, David? börjar mannen på nytt. Har du hört berättas, att Georges skulle ha dött på ett sjukhus i Stockholm i fjol på själva nyårsafton? Vet du, att det tycker jag också att jag har hört, men det är inte första gången, som vi två har misstagit oss. För detta är Georges livslevande. Se bara på honom nu, när han reser sig! Är det inte Georges själv kanske, med den ömkliga kroppen, som aldrig kan komma riktigt sams med hans korpralshuvud? Ja, vad säger du nu, David? Såg du, att när han hoppade ur kärran, for kåpan isär så mycket, att det syntes, att han ännu har på sig den långa, trasiga rocken, som alltid hängde honom ner på hälarna? Igenknäppt ända opp till halsen nu som alltid, David, och den stora, röda halsduken fladdrande i halsöppningen, men inte något spår till väst eller skjorta nu mer än förr.

Den förlamade känner sig helt upplivad. Han skulle ha kunnat skratta, om det överhuvudtaget hade varit möjligt för honom att frambringa ett skratt.

- Om vi en gång kommer till krafter igen, du och jag, David, ska vi betala Georges igen det här kalaset. Han höll på att spränga isär mitt förstånd med sin utklädsel, som om han hade lagt dynamit under det. Det ska också vara en sådan karl som Georges till för att hitta på att skaffa sig en sådan häst och en sådan kärra och komma körande med dem fram till kyrkan. Inte en gång du, David, hade varit i stånd att ställa till med ett sådant upptåg. Georges har alltid varit din överman.

Körkarlen har gått fram till den liggande och står och betraktar honom. Hans ansikte är stelt och allvarligt. Det är tydligt att han inte vet vem han har framför sig.

"Det är ett par saker, som jag inte kan komma på det klara med i allt det här", tänker mannen. "Det ena är hur han har fått reda på att jag och kamraterna satt här i gröngräset, så att han kom på den idén att fara hit och skrämma oss. Det andra är, att han törs klä ut sig till en sådan där Dödens körkarl, som han alltid har varit så rädd för."

Körkarlen lutar sig nu ner över honom, men alltjämt med samma främmande uttryck.

- Han kommer inte att bli mycket glad, den där stackarn, när han får veta, att han måste avlösa mig, hör mannen honom mumla för sig själv.

Stödd mot lien, närmar han sitt ansikte mer och mer, och i nästa ögonblick känner han igen kamraten. Han böjer sig ända ner till honom, kastar otåligt undan den nerfallande kapuschongen och ser honom in i ögonen.

- O, utbrister han med förskräckelse, det är David Holm, som ligger här! Det var det enda, som jag trodde skulle bli mig besparat.

- Nej, David, att det är du, att det är du! säger han och kastar i detsamma lien till marken och knäfaller framför den liggande. Under hela detta år, fortsätter han med stor innerlighet och bedrövelse, har jag önskat, att jag skulle komma i tillfälle att säga dig ett enda ord, innan det var för sent. En gång var jag nära att kunna göra det, men du stod mig emot, så att jag inte förmådde nå fram till dig. Jag trodde, att det skulle lyckas mig bara en timme härefter, då jag blev fri ur min tjänst, men här ligger du redan. Det är för sent nu att komma och säga till dig, att du ska ta dig i akt.

David Holm lyssnar till detta med oerhörd förundran. "Vad är det han menar?" tänker han. " Han talar ju, som om han vore död. Och när var det, som han var mig nära och jag stod honom emot? Men det är sant!" lugnar han sig. "Han måste ju tala, som han är utklädd till."

- Tror du inte, att jag vet, David, börjar körkarlen på nytt, med en röst, som skälver av rörelse, att det är mitt fel, att du har kommit till ett sådant slut som detta? Om du inte hade råkat ut för mig, så skulle du alltjämt ha fört ett stilla och hederligt liv. Du och din hustru skulle ha arbetat er fram till välstånd. Ni var unga och duktiga båda två, ingenting skulle ha hindrat er. Var viss därom, David, inte en dag har gått under detta oändliga år, utan att jag i ångest har tänkt på att jag lockade dig bort från ditt arbetsamma levnadssätt och lärde dig mina egna onda vanor! Ack, fortsätter han och far med handen över vännens ansikte, jag fruktar, att du har farit vilse ännu värre, än jag vet om! Hur har annars dessa förfärliga tecken kunnat bli inristade omkring dina ögon och din mun?

David Holms goda lynne börjar förbytas i otålighet "Låt det vara nog nu med det här skämtet, Georges!" tänker han. "Gå nu efter någon, som kan hjälpa dig att lyfta mig opp i din kärra, och kör mig till lasarettet så fort du kan!"

- Jag förstår, att du vet vad jag har haft för syssla i år, David, säger körkarlen, och att du vet vad det är för en kärra och häst, som har fraktat mig hit. Jag behöver nog inte heller säga dig vem det är som efter mig ska fatta om lien och hålla tömmarna. Men, David, kom ihåg, att det inte är jag, som har bestämt dig för detta öde! Under hela det förfärliga år, som väntar dig, tänk inte en enda gång, att jag har min frihet, så att jag hade kunnat undvika att råka dig i natt! Var du viss, att jag skulle ha gjort allt, för att du inte skulle ha behövt gå igenom detsamma som jag, om det hade varit möjligt!

"Kanske att Georges verkligen har blivit tokig", tänker David Holm. "Han borde väl annars förstå, att det gäller liv och död för mig och att det inte går an att dröja på det här sättet."

I detsamma som han tänker detta, ser körkarlen på honom oändligt vemodigt.

- Du behöver inte oroa dig för att du inte blir förd till lasarettet, David. När jag har kommit till en sjuk, är det för sent att kalla på någon annan läkare.

"Jag menar, att alla troll och djävlar är ute i natt och ställer till spektakel", tänker David Holm. "När det äntligen kommer en karl till mig, som kunde hjälpa mig, så är han antingen tokig eller också så illvillig, att han inte frågar efter, att jag blir alldeles förstörd."

- Jag skulle vilja påminna dig om något, som hände dig förra sommaren, David, säger körkarlen. Det var en söndagseftermiddag, och du kom gående landsvägen fram genom en bred dal, där det låg stora åkerfält och vackra gårdar med blomstrande trädgårdstäppor, vart du såg. Det var en sådan där kvävande het eftermiddag, som det kan råka att bli ibland under högsommaren, och jag tror, att du gick och la märke till att du var den enda, som rörde sig i hela trakten. Korna stod stilla i hagarna och tordes inte lämna de skuggande träden, och människorna var alldeles försvunna. De måtte ha dragit sig under tak för att slippa hettan. Är det inte sant, att det var så, David?

"Det kan ju hända", tänker mannen, "men jag har varit ute och gått så många gånger både i hetta och köld, så att inte kan jag hålla reda på dem alla."

- Just som stillheten var som allra störst, David, fick du höra ett gnisslande strax bakom dig på vägen. Du vände på huvudet och trodde, att det kom någon åkande efter dig, men du kunde ingen upptäcka. Du såg dig om flera gånger, du tyckte, att detta var det besynnerligaste, som du någonsin hade varit ute för. Du hörde gnisslet alldeles tydligt, men var kom det ifrån? Det var ljusan dag, öppet åt alla sidor och så tyst, att ingenting annat förvillade bort ljudet. Du kunde inte fatta, att det var möjligt, att du alldeles tydligt hörde gnisslet av ett hjul utan att se något åkdon. Men du ville inte alls gå in på att det var något övernaturligt i saken. Hade du bara tänkt ditåt, så hade jag kunnat göra mig synlig för dig då, innan det var för sent.

David Holm erinrade sig nu alltsammans mycket väl. Han mindes hur han hade tittat bakom gärdsgårdarna och sett efter nere i dikena för att komma underfund med vad det var, som följde efter honom. Till slut hade han blivit smått skrämd och gått in i en bondgård för att slippa ifrån oväsendet. När han sedan kom ut igen, hade allt varit tyst.

- Det var den enda gång, som jag har sett dig under detta år, fortsätter körkarlen. Jag gjorde allt, vad jag kunde, för att du skulle få se mig, men jag var inte i stånd att komma dig närmare, än att du hörde gnisslet. Du gick som en blind vid sidan av mig.

"Det är sant, det där, att jag hörde gnisslet", tänker David Holm. "Men vad vill han bevisa med det? Vill han jag ska tro, att det var han, som körde efter mig på vägen? Jag kan ju ha talat om historien för någon, som har berättat den för Georges i sin ordning."

Körkarlen böjer sig framöver honom och säger i en ton, som om han skulle tala ett sjukt barn till rätta:

- Det tjänar ingenting till, att du strider emot, David. Det är inte att begära, att du ska förstå vad som har hänt dig själv, men du vet mer än väl, att jag, som nu talar med dig, inte är en levande. Du har hört redan förut, att jag är död, men du vill inte erkänna det. Och om du än inte har hört det, så har du ju sett mig komma åkande i den där kärran. I den kärran, David, färdas ingen levande.

Han visar bort till det usla åkdonet, som står kvar mitt i allén.

- Se inte bara på kärran, David! Se också på träden som står bortom den!

David Holm följer hans uppmaning, och nu för första gången måste han medge, att här står han inför något, som han inte kan förklara. Han ser träden på andra sidan allén tvärsigenom den gamla kärran.

- Du har hört min röst många gånger, säger körkarlen. Det kan inte vara möjligt, att du inte märker, att jag talar annorlunda än förr.

David Holm får lov att ge honom rätt. Georges har alltid haft en vacker röst, och det har denna körkarlen också, men det är i alla fall ett annat slags tal. Det låter tunt och klingande och är inte lätt att höra. Det var samma spelman som spelade, men han hade fått ett annat instrument.

Körkarlen sträcker ut handen, och David Holm ser, att en liten, klar vattendroppe, som kommer från de drypande trädgrenarna ovanför honom, faller ner på den. Men droppen blir inte hejdad, utan den faller tvärsigenom handen ner till marken.

På grusgången framför dem ligger en liten avfallen kvist. Körkarlen tar och sticker lien under den och för den upp genom kvisten. Men den faller inte tillbaka, skuren itu, utan förblir hel som förut.

- Försök inte att misstyda detta, David, säger körkarlen, utan försök att förstå! Du ser mig, och du tycker, att jag är mig lik, men den kropp, som jag har, är sådan, att endast de, som ligger på sitt yttersta eller redan är döda, kan se mig. Men därför får du inte tänka, att min kropp ingenting är. Den är ett hem för en själ såsom din egen och andra människors kroppar. Du får bara inte tänka på den såsom fast eller tung eller stark. Du ska tänka, att den är som en bild, som du har sett i en spegel, och försöka inbilla dig, att den har stigit fram ur glaset och kan tala och se och röra sig.

David Holms tanke reser sig inte mer till något motstånd. Han ser sanningen rätt i ögonen och bryr sig inte längre om att försöka smyga ur vägen för den. Det är vålnaden av en död, som talar med honom, och hans egen kropp är en död kropp. Men på samma gång, som han ger med sig i detta, känner han hur det börjar sjuda upp inom honom till en förskräcklig vrede. "Jag vill inte vara död", tänker han, "jag vill inte vara bara ett sken och ett ingenting. Jag vill ha en näve, som jag kan slå till med, och en mun, som jag kan äta med." Och härmed samlar sig raseriet inom honom till ett tätt och mörkt moln, som välver fram och tillbaka i kvalm och leda och inte plågar någon annan än honom själv än så länge, men är färdigt att urladda sig vid första tillfälle.

- Det är något, som jag vill be dig om, David, därför att du och jag var goda vänner förr i världen, säger körkarlen. Du vet likasåväl som jag, att det kommer en stund för varje människa, då hennes kropp är förstörd eller utsliten, så att den själ, som har bott där, är nödsakad att lämna den. Men då darrar och skälver själen av ångest för att beträda ett land, som den inte känner till. Den står ungefär som ett litet barn på en badstrand och bävar för att ge sig ut i vågorna. För att den då ska våga sig åstad, måste den höra en röst från någon, som redan är ute i oändligheten, så att den förstår, att det ingen fara är, utan rycker sig lös. En sådan röst har jag varit, David, under ett helt år, och en sådan röst måste du bli under det år, som kommer. Och det jag nu vill be dig om, det är, att du inte sätter dig emot detta, som är bestämt för dig, utan tar det med undergivenhet, annars drar du ner stort lidande över både dig och mig.

Körkarlen böjer på huvudet, då han har sagt detta, för att se in i David Holms ögon. Det förefaller nästan, som om han skulle ha blivit rädd för allt det trots och motstånd, som slår honom till mötes.

- Du måste komma ihåg, David, säger han med ännu mer inträngande ton än förut, att detta inte är något sådant, som du kan slippa undan. Jag har ännu inte mycket reda på hur det förhåller sig med saker och ting här på andra sidan. Jag har endast färdats på gränsen, så att säga, men så mycket har jag sett, att här ges det inte någon förskoning. Man måste utföra det, som man är ålagd, antingen man gör det med god vilja eller inte.

Återigen ser han in i David Holms ögon, men han möter ingenting annat än det stora vredesmolnets mörker.

- Jag förnekar inte, David, utbrister han, att det är den förfärligaste syssla, som någon kan få sig ålagd, att sitta i den där kärran och köra den där hästen från gård till gård. Vart körkarlen kommer, väntar honom tårar och jämmer, vad han ständigt får se, det är sjukdom och förstörelse, sår och blod och ohygglighet. Och det är ändå kanske det minst svåra. Det är värre att se det, som finns innanför, det, som våndas och ångrar och fruktar för vad som kan komma. Och än mer: jag har sagt dig, att körkarlen bara står vid gränsen. Han tycker som människorna, att han bara ser orättvisor och missräkningar och ojämn fördelning och gagnlös strävan och oordning. Han kan inte se så långt in i den andra världen, att han kan skönja om det finns en mening och en ledning. Han kan se skymten av den ibland, men mestadels måste han kämpa sig fram i mörker och tvivel. Och tänk på detta, David: det är bara ett år, som körkarlen är dömd att köra dödskärran, men tiden mätes inte här efter jordiska timmar och minuter, utan på det att han ska hinna överallt, dit han måste hinna, tänjes den ut, så att det enda året blir som hundra och tusen andra. Och så kommer till allt detta, att fastän körkarlen vet, att han allenast gör vad han är befalld att göra, så kan ingen beskriva hur han vämjes vid sig själv och känner leda vid sig själv och betraktar sig själv som en förkastad för sitt ämbetes skull. Men värst, värst av allt, David, är det, att körkarlen under sina färder också möter följderna av sådant ont, som han har begått under sin jordevandring, ty hur skulle detta kunna undgås...

Körkarlens röst slår nästan över i ett skrik, och han knäpper sina händer i ångest. Men ögonblicket därpå måtte han ha märkt, att endast kallt hån strömmar emot honom från hans gamle kamrat. Han drar omkring sig kåpan, som om han skulle frysa.

- Men, David, fortsätter han enträget, jag säger dig, att så svårt än det kan vara, det, som väntar dig, så bör du inte sätta dig till motvärn, om du inte vill göra det ändå värre för dig och för mig, än det redan är. Ty jag får inte nu lämna dig åt dig själv, utan det blir min sak att lära dig din syssla, och jag fruktar, att detta är det tyngsta, som jag har fått mig ålagt. Du kan göra mig motstånd så länge du vill. Du kan hålla mig kvar vid lien i veckor och månader, ja, ända till nästa nyårsnatt. Mitt år är utlupet, men jag får inte min frihet, förrän jag har lärt dig att sköta ämbetet med god vilja.

Medan körkarlen har talat, har han alltjämt legat kvar på

knä framför David Holm, och allt, vad han har sagt, har vunnit i styrka genom den stora innerlighet, varmed han har talat. Han dröjer ännu kvar ett ögonblick, forskande efter ett tecken, att hans ord har gjort verkan. Men hos den förra kamraten lever bara ett fast beslut att göra motstånd till det yttersta. "Det må vara, att jag är död", tänker han, "det kan jag inte göra något åt, men ingenting ska förmå mig att ha något att skaffa med dödskärran och dödshästen. De får hitta på ett annat arbete för mig. Det där vill jag inte befatta mig med".

Körkarlen ämnar resa sig, då han kommer att tänka på en sak, som han ännu bör tillägga.

- Kom ihåg, David, att ända till denna stund har det varit Georges, som har talat till dig! Men nu får du med körkarlen att göra. Du minns nog av gammalt vem man tänker på, när man talar om Den, som inte vet av någon förskoning.

I nästa ögonblick står han upprätt med lien i hand och kapuschongen nerdragen över pannan.

- Du fånge, kom ut ur ditt fängelse! ropar han med hög och klingande röst.

I detsamma reser sig David Holm från marken. Han vet inte hur det har tillgått, men han står plötsligen upprätt. Han vacklar, allt tycks gå runt för honom, både träd och kyrkvägg, men han kommer fort till jämvikt.

- Se dig om, David Holm! säger en stark stämma till honom. Han lyder i ögonblickets förvirring. Framför honom på marken ligger utsträckt en lång karl av präktig kroppsbyggnad, men klädd i smutsiga paltor. Han ligger där nersölad av blod och jord, omgiven av tömda flaskor, med ett rödsprängt, uppsvällt ansikte, vars ursprungliga drag man inte kan gissa sig till. En irrande ljusstråle från de avlägsna lyktorna återkastas med en hatfull, illvillig glans i de smala ögonöppningarna.

Framför denna liggande gestalt står han själv, han också en lång karl av en präktig kroppsbyggnad. Samma ruskiga och smutsiga plagg, som den döde bär, är också han iförd. Han står framför denne andre som hans dubbelgångare.

Men dock inte fullt en dubbelgångare, ty han är ett intet.

Eller det är kanske orätt att säga ett intet, utan en bild. En bild av den andre, som har blivit sedd i en spegel och som har trätt ut ur glaset och lever och rör sig.

Han vänder sig hastigt. Där står Georges, och han ser nu, att också denne ingenting är, bara en avbild av den kropp, som han en gång har ägt.

- Du själ, som förlorade herraväldet över din kropp i samma ögonblick, som klockan slog tolv på nyårsnatten, säger Georges, du ska avlösa mig i mitt ämbete. Du ska befria själarna ur det jordiska under detta ingångna år.

Vid dessa ord återfinner David Holm sig själv. I stormande vrede störtar han sig mot körkarlen, griper efter hans lie för att bryta sönder den och efter hans kåpa för att slita den i stycken.

Då känner han hur hans händer trycks ner och hur benen rycks undan honom. Sedan lindas omkring hans handleder något osynligt, som fängslar dem vid varandra, och likaså omkring hans fotleder.

Därpå lyftes han upp, kastas omilt, som en död vara, ner på kärrbottnen, där han får ligga, utan att någon frågar efter hur han har fallit.

Ögonblicket därpå sätter sig kärran i rörelse.

V

Det är ett smalt och långt, men tämligen rymligt rum i ett hus i förstaden, ett hus, som är så litet, att det helt och hållet upptages av detta enda rum jämte ett annat, mindre, som begagnas till sängkammare. Rummet upplyses av en lampa, som hänger ner från taket, och i dess sken kan man se, att det är hemtrevligt och vanligt. Och inte nog med detta: det är också ett smålustigt rum, som gärna framkallar ett leende på dens läppar, som träder in i det. Man ser nämligen genast, att de, som bor där, har roat sig med att möblera det så, att det ska föreställa en hel våning. Ingången är på ena gavelväggen, och tätt bredvid dörren står en liten spis. Har är alltså köket, och dit är samlat allt, som hör till köksinredningen. Mitten av rummet är möblerad som matsal med ett runt matbord, ett par ekstolar, en hög väggklocka och ett litet skåp för porslin och glas. Hit räknas förstås också taklampan, som hänger rätt över det runda bordet, men som mycket väl förslår att upplysa också förmaket, den innersta delen av rummet, med dess mahognysoffa och divanbord, dess blommiga axminstermatta, dess palm i sin praktfulla porslinskruka och dess otaliga fotografier.

Det går nog vanligen så, att de, som kommer in i rummet gärna föreställer sig hur mycket skämt en sådan anordning av möblerna ska ha gett anledning till. Om en god vän hade kommit in från gatan, hade man roat sig med att föra honom upp i förmaket och sedan bett honom ursäkta, att han fick sitta så ensam, medan man själv var tvungen att hålla till i köket. Vid middagsbordet, som stod så nära köksavdelningen, att man kunde känna värmen från spisen ända dit, hade man nog sagt många gånger med stor högtidlighet:

- Nej, nu får ni lov att ringa, så att husjungfrun kan komma in och ta bort tallrikarna! Och då något barn hade börjat gråta i köket, hade man narrat det att skratta med den lustigheten, att det skulle akta sig för att skrika så högt, att far, som satt i något av de inre rummen, kunde höra det.

Sådana där tankar väcks nog, som sagt, vanligen hos de människor, som får se rummet, men hos dem, som träder in där i nyårsnatten en liten stund efter årsskiftet, uppstår helt säkert inga sådana lätta och ljusa funderingar. De, som då kommer in, är två män, så förfallna och trasiga, att de kunde tagas för två vanliga landsvägsstrykare, om inte den ena av dem bure en svart kåpa över sina paltor och hölle en lång, rostig lie i handen. Det är en ovanlig utstyrsel för en luffare, och än egendomligare är hans sätt att träda in i rummet utan att vrida om en nyckel eller öppna dörren på minsta glänt, utan bara gå rätt igenom den, så stängd, som den står. Den andra mannen är inte iförd några skrämmande emblem, men när han kommer in i rummet, inte gående själv, utan på något besynnerligt sätt släpad och dragen in av sin kamrat, förefaller han mycket mer skräckinjagande än denne. Fastän han är bunden till händer och fötter och med yttersta förakt slänges ner på golvet av kamraten och blir liggande framför denne som en mörk hög av trasor och elände, inger han fasa genom det vilda raseri, som lågar ur hans ögon och sammandrar hans ansikte.

De två männen finner inte rummet tomt vid sitt inträde. De ser, att vid det runda bordet i matsalsavdelningen sitter en ung man med veka drag och en barnsligt vacker blick samt en något äldre, men mycket liten och späd kvinna. Mannen bär en röd trikåtröja, på vilken med stora påfallande bokstäver ordet Frälsningsarmén är broderat tvärsöver bröstet. Kvinnan är svartklädd utan något tecken, men en hatt av den för slumsystrarna vanliga typen ligger framför henne på bordet och bär vittne om att också hon hör till salvationisterna.

Båda dessa människor är djupt bedrövade. Kvinnan gråter tyst, där hon sitter, och torkar gång på gång sina ögon med en våt och skrynklig näsduk. Hon gör det otåligt, liksom om tårarna är henne i vägen och hindrar henne från annat som hon har att sköta. Också mannens ögon är röda av gråt, men han hänger sig inte åt sin sorg nu i en annans närvaro.

De säger då och då ett par ord till varandra, och av dessa ord märker man, att de har sina tankar inne i ett annat rum hos en sjuk, som de har lämnat på en stund, för att hennes mor ska få vara ensam med henne. Men så upptagna de än är av den sjuka, kan det nog tyckas märkvärdigt, att ingen av dem på något sätt låtsar om de två männen. Visserligen håller sig dessa alldeles tysta och stilla, den ene stående upprätt, stödd mot dörrposten, den andre liggande nervräkt vid hans fötter, men de två framme vid bordet borde dock, synes det, ha blivit häpna över dessa gäster, som har kommit in genom lyckta dörrar mitt i mörka natten.

Åtminstone känner sig den liggande mannen förundrad över att människor gång på gång vänder sina blickar åt det håll, där han och kamraten befinner sig, utan att de tycks varsna dem. Han för sin del ser allt, och då han nyss har färdats genom staden, har allt förefallit honom sig likt, såsom han har sett det med sina mänskliga ögon, men honom ser ingen. Mannen har i sitt ursinne också haft en tanke på att vilja skrämma sina fiender bland människorna genom att visa sig för dem sådan han nu är, men han märker, att han inte en gång kan göra sig sedd av dem.

Han har aldrig förr varit i detta rum, men han känner igen de båda, som sitter vid bordet, och har fördenskull inte minsta tvivel om var han befinner sig. Om något kan öka hans raseri, så är det detta att nu mot sin vilja vara förd till en plats, dit han hela gårdagen nekade att bege sig.

Med ens skjuter frälsningssoldaten borta vid bordet stolen tillbaka.

- Det är över midnatt nu, säger han. Hustrun trodde, att han skulle komma hem vid den här tiden. Jag ska försöka att gå dit upp och kalla hit honom än en gång.

Härvid reser han sig långsamt och motvilligt, och fattar sin rock, som hänger bakom honom på stolen, för att sätta den på sig.

- Jag kan nog förstå, att Gustavsson inte tycker, att det tjänar något till att gå efter honom, säger den unga kvinnan, alltjämt i hård strid med den påträngande gråten, men Gustavsson får tänka på att det är den sista tjänst syster Edit begär av honom.

Frälsningssoldaten hejdar sig, just som han håller på att träda in armen i armhålet.

- Syster Maria, säger han, det må vara sant, att detta är den sista tjänst, som jag kan göra syster Edit, men jag önskar i alla fall, att David Holm inte vore hemma eller att han inte ville gå med mig. Jag har sökt honom flera gånger i dag och bett honom komma, såsom ni och kapten Andersson befallde mig, men jag har varit glad hela tiden, att han har sagt nej och att det varken har lyckats mig eller någon annan att föra hit honom.

Den liggande gestalten spritter till, när han hör sitt namn nämnas, och ett fult hånleende sprider sig över hans ansikte.

- Den där tycks ändå ha en smula bättre förstånd än de andra, mumlar han.

Slumsystern ser upp på frälsningssoldaten och säger nu rätt skarpt, utan att rösten förkväves av gråt:

- Det vore bäst, att Gustavsson den här gången framförde budet till David Holm så, att han förstode, att han måste komma hit.

Frälsningssoldaten går mot dörren med minen av en man, som lyder utan att vara övertygad.

- Ska jag föra hit honom, också om han är dödfull? frågar han nerifrån dörren.

- För hit honom, Gustavsson, död eller levande, hade jag så när sagt. Han får ligga här och sova ruset av sig i värsta fall. Det enda viktiga är att vi får tag i honom.

Frälsningssoldaten har redan lagt handen på låsvredet, när han plötsligt vänder om och går upp mot bordet.

- Jag tycker inte om, att en sådan karl som David Holm ska komma hit, säger han, och hans ansikte har blivit blekt av rörelse. Syster Maria vet likasåväl som jag vad det är för en karl.

Tycker syster Maria, att han passar här? Tycker syster Maria, att han passar där inne? fortfar han och peka mot en tapetdörr borta i förmaksavdelningen.

- Om jag tycker..., börjar hon, men han låter henne inte tala till punkt.

- Vet inte syster Maria, att han bara kommer att göra narr av oss? Han kommer att skryta med att en av slumsystrarna var så kär i honom, att hon inte kunde dö utan att ha fått se honom.

Slumsystern ser hastigt upp och rör läpparna till ett häftigt svar, men biter ihop dem och eftersinnar.

- Jag kan inte tåla, att han ska prata om henne, minst av allt, när hon är död! utbrister frälsningssoldaten.

Strax därpå kommer slumsysterns svar, allvarsamt och eftertryckligt.

- Är Gustavsson viss om att inte David Holm skulle ha rätt, ifall han säger detta?

Den liggande, fängslade gestalten borta vid dörren rycker till och genomfares vid dessa ord av en plötslig glädjekänsla. Han blir ytterst överraskad själv och sänder en blick upp till Georges för att se om denne har märkt hans rörelse. Körkarlen står alldeles orörlig, men för all säkerhets skull mumlar David Holm något om att det var skada, att han inte hade haft reda på det där, medan han levde. Det skulle ha varit något att skryta med inför kamraterna.

Frälsningssoldaten blir så förvirrad av det, som han har fått höra, att han griper efter en stolkarm. Rummets väggar dansar runt för honom.

- Varför säger syster Maria något sådant? frågar han. Inte vill syster Maria, att jag ska tro...

Slumsystern befinner sig i starkt sinnesuppror. Hon knyter handen hårt om näsduken, medan hon talar ord, som störtar fram häftiga och hastiga, liksom hade hon bråttom att få dem utsagda, innan betänksamheten komme och hejdade henne.

- Vem skulle hon annars hålla kär? Vi två, Gustavsson, och alla andra, som har lärt känna henne, har låtit oss omvändas och vinnas av henne. Vi har inte stått henne emot ända tills det sista. Vi har inte skrattat ut henne och hånat henne. Hon behöver varken lida ånger eller samvetskval för vår skull. Varken ni eller jag, Gustavsson, är orsak till att hon ligger där hon nu ligger.

Frälsningssoldaten tycks bli lugnad inför detta utbrott.

- Jag trodde inte, att ni talade om kärleken till syndarna, syster.

- Det gör jag inte heller, Gustavsson.

Vid denna bestämda försäkran genomilas den ena av vålnaderna på nytt av en glädjekänsla, som han inte kan förklara. Men rädd för hans vrede, hans ursinniga begär att göra motstånd på något sätt ska förflyktigas, söker han genast att kväva den. Han hade blivit tagen med överraskning, hade trott förut, att här väntade ingenting annat än predikningar. Han ämnar ta sig bättre i akt i framtiden.

Syster Maria har suttit och bitit sig i läpparna för att övervinna sin rörelse. Nu tycks hon helt hastigt fatta ett beslut.

- Det gör ingenting att tala om det för Gustavsson, säger hon. Ingenting gör något nu, då hon ska dö. Om Gustavsson vill sitta ner en stund, så ska jag förklara vad jag menar.

Frälsningssoldaten kränger av sig rocken och tar åter plats vid bordet. Utan att säga ett ord sitter han och betraktar slumsystern förväntansfullt med sina vackra, trohjärtade ögon.

- Jag ska först tala om för Gustavsson hur vi hade det förra nyårsnatten, syster Edit och jag, säger hon. Det var hösten förut, som det hade blivit bestämt i högkvarteret, att det skulle inrättas en slumstation här i staden, och vi två hade blivit hitskickade för att sätta den i gång. Vi hade haft oerhört med arbete, men bröderna och systrarna hade hjälpt oss så mycket, som i deras makt stod, och på nyårsafton hade vi kommit så långt, att vi själva kunde flytta in. Köket och sovsalarna var redan i ordning, och vi hade hoppats, att vi skulle få öppna stationen på själva nyårsdagen, men det gick inte för sig, därför att steriliseringsugnen och tvättstugan inte var färdiga.

Slumsystern har haft mycket svårt att hålla inne gråten i

början, men alltsom berättelsen fortgår och hon föres bort från det närvarande, avtar den, och hennes stämma blir allt klarare.

- Gustavsson hörde inte till armén på den tiden, säger hon, annars hade nog Gustavsson fått vara med om en glad nyårsafton. Några av bröderna och systrarna hade kommit opp till oss, och vi bjöd dem på te för första gången i det nya hemmet. Gustavsson kan inte tro hur glad syster Edit var åt att hon hade fått sätta opp en slumstation här, där hon var hemma och kände varenda fattig människa och visste vad de behövde. Hon gick och såg på våra filtar och madrasser och våra nymålade väggar och våra blanka kokkärl med en sådan glädje, att vi måste skratta åt henne. Hon var glad som ett barn, som man brukar säga. Och Gustavsson vet nog, att när syster Edit är glad, då blir alla andra glada.

- Halleluja, det vet jag, sade frälsningssoldaten.

- Glädjen varade så länge, som kamraterna var kvar, fortfor slumsystern, men när de hade gått, kom det över henne stor ängslan för allt det onda, som finns i världen, och hon sa till mig, att jag skulle bedja med henne, att det inte måtte bli oss övermäktigt. Så la vi oss ner på våra knän och bad för vår station och för oss själva och för alla dem, som vi hoppades få bispringa. Och just som vi låg på knä i bön, ringde det på portklockan.

Kamraterna hade så nyss gått. Vi sa till varandra, att en av dem kanske hade glömt något, som han ville hämta, men för säkerhets skull gick vi ner i porten båda två. När vi öppnade, såg vi inte någon av vännerna framför oss, utan en av dem, som vår station var inrättad för.

Och jag ska säga Gustavsson, att där han stod i portöppningen, trasig och stor och så full, att han vacklade, föreföll han mig så förskräcklig, att jag greps av räddhåga och tyckte, att vi borde skylla på att stationen ännu inte var öppnad och låta bli att ta emot honom. Men syster Edit blev glad, att Gud hade sänt henne en gäst. Hon trodde, att han därmed ville visa oss, att han såg i nåd till vårt arbete, och hon lät mannen stiga in. Hon bjöd honom kvällsvard, men han svor åt henne och sa, att han bara ville lägga sig. Han fick gå in i en sovsal, och där kastade han sig ner på en brits, sedan han hade slängt av sig rocken, och i nästa ögonblick sov han.

- Tänk, att du blev rädd för mig då! säger David Holm för sig själv, men inte utan förhoppning, att den orörlige bakom honom ska höra, att han alltjämt är samma David Holm som förut. Det är synd, att du inte kan se mig sådan, som jag ser ut nu. Då tror jag nog att jag skulle skrämma livet ur dig.

- Syster Edit hade gärna velat visa den förste, som kom till vår station, någon särskild vänlighet, fortsätter slumsystern, och jag såg, att hon kände sig besviken, när han somnade så hastigt. Men i nästa ögonblick blev hon glad igen, för hon hade kommit att kasta blickarna på hans rock. Jag tror, vet Gustavsson, att jag aldrig har sett ett plagg så smutsigt och trasigt och illa faret. Det luktade snusk och brännvin av det, ja, det var sådant, förstår Gustavsson, att det var svårt att komma det nära. Jag kunde inte hjälpa, att när jag såg, att syster Edit gick fram och synade det, kom räddhågan återigen över mig, och jag bad henne, att hon skulle låta den ligga, eftersom vi varken hade ugnen eller tvättstugan så pass i ordning, att vi kunde få bort smittan ur den.

Men Gustavsson förstår, att den här mannen var för syster Edit från första stund såsom henne tillsänd av Gud, och det var ett så ljuvt arbete för henne att få ställa åtminstone ett av hans klädesplagg i ordning, att jag inte kunde hålla henne tillbaka. Och inte heller fick jag hjälpa henne. Nej, jag hade ju själv sagt, att det kunde vara smitta i rocken; det gick alls inte an, att jag rörde den. Hon stod i ansvar för mig, därför att jag var hennes underordnade, och hon fick se till, att jag inte företog mig något, som var skadligt för hälsan. Men själv satte hon sig att sömma och sy på den där rocken hela nyårsnatten.

Frälsningssoldaten på andra sidan bordet lyfter händerna och slår dem mot varandra i hänryckning.

- Halleluja! säger han. Gud vare tack och lov för syster Edit!

- Amen, amen! säger slumsystern och skiner upp i en plötslig extas. Gud vare tack och lov för syster Edit - det är vad vi alltid ska säga i sorg som i glädje. Gud vare tack och lov, att hon var sådan, att hon hela natten satt lutad över den rocken och sömmade på den, lika lycklig, som om den hade varit en kungamantel!

Han, som hade varit David Holm, tycker, att det är en sällsam vila och ro i att föreställa sig den unga flickan, som satt i nattens fred och arbetade på att laga en fattig luffares rock. Efter allt, som har retat och upprört honom, är det något läkande och helande i detta. Om bara inte Georges stode där bakom honom, dyster och orörlig, men bevakande varje hans rörelse, skulle han ha tyckt om att länge tänka på detta.

- Gud vare tack och lov, fortfar slumsystern, att syster Edit aldrig har ångrat, att hon den där natten satt oppe och sydde i knappar och stoppade revor ända till klockan fyra utan att tänka på all den smitta och stank, som hon inandades! Gud vare tack och lov, att hon aldrig har ångrat, att hon satt i ett rum, där vinternattens stränga köld trängde in, så att det blev alldeles utkylt, innan hon fick gå till sängs!

- Amen, amen! säger frälsningssoldaten i sin tur.

Hon var alldeles förstelnad av köld, när hon äntligen var färdig, säger slumsystern. Jag hörde hur hon låg och vred och vände sig i flera timmar utan att kunna bli varm. Hon hade knappast hunnit somna, förrän det var tid att stiga opp igen, men då övertalade jag henne att bli liggande och låta mig sörja för gästen, ifall han skulle stiga opp, innan hon var fullsövd.

- Syster Maria har alltid varit henne en god vän, säger frälsningssoldaten.

- Jag vet, att det var en stor försakelse för syster Edit, fortsätter slumsystern med skymten av ett småleende, men hon gjorde det för min skull. Det blev inte lång stund hon fick ligga, för när mannen drack sitt kaffe, frågade han mig om det var jag, som hade lagat hans rock, och när jag svarade nej, bad han, att jag skulle hämta den systern, som hade hjälpt honom.

Han var nykter då och stillsam, och han la sina ord bättre, än sådana karlar brukar, och som jag visste, att det skulle vara en stor fröjd för syster Edit att få höra hans tacksägelser, gick jag efter henne. När hon kom, såg hon inte ut som den, som hade vakat hela natten, utan hon hade en skär rodnad på kinderna och var så vacker i sin glada förväntan, att mannen visst blev på något sätt slagen av häpnad, när han fick se henne. Han hade stått vid dörren och väntat med ett så ondskefullt uttryck i ansiktet, att jag fruktade, att han ämnade slå henne, men han ljusnade nu, då hon kom "Det är inte farligt", tänkte jag. "Han gör henne ingenting Henne kan ingen vilja skada."

- Halleluja, halleluja! kommer det instämmande från frälsningssoldaten.

- Men han mörknade åter, och när hon hade gått ända fram till honom, tog han sig för att rycka opp den korta kavajen, som han bar, med sådan fart, att de nyisydda knapparna slets ur. Därpå körde han händerna ner i de nylagade fickorna, så att vi hörde hur de brakade sönder, och allra sist fläkte han opp rockfodret, så att det hängde i värre trasor, än då han kom.

- "Ser fröken, det är så, att jag är van att ha det på det här sättet", sa han. "Det faller sig lättast och bekvämast för mig. Det var synd, att fröken skulle göra sig så mycket besvär, men jag kan inte hjälpa det."

Den liggande skepnaden ser framför sig ett ansikte lysande av lycka, som plötsligt förmörkas, och han är nära att erkänna för sig själv, att detta tjuvpojksstreck hade varit grymt och otacksamt, då tanken på Georges ånyo inställer sig "Det är bra, att Georges får höra hurudan jag är, om han inte vet det redan", tänker han. "David Holm är inte den, som ger med sig i första taget. Han är hård och elak, och han tycker om att retas med pjoskigt folk."

- Inte förrän i det ögonblicket hade jag tänkt på hur karlen såg ut, fortsätter slumsystern. Men när han stod där och ryckte sönder det, som syster Edit hade sytt samman under många vackra tankar, kom jag att betrakta honom. Och jag såg, att han var en man, som var så hög och välvuxen, att man måste förvånas över ett sådant naturens verk. Han hade också en god och ledig hållning, hans huvud var stort och av bästa skapnad, och hans ansikte torde en gång ha varit vackert, fastän det nu var rödsprängt och uppsvällt, så att dragen flöt tillsammans och man inte kunde veta hur det hade varit meningen att det skulle ta sig ut från början.

Och fastän han gjorde vad han gjorde och därvid uppgav ett högt och elakt skratt, och fastän hans ögon glimmade fram gula och ilskna mellan de rödsvullna ögonlocken, så tror jag, att syster Edit bara tänkte på att hon hade mött något stort tillämnat, som var på väg att fördärvas. Jag såg, att hon först ryggade tillbaka, som om hon hade blivit slagen, men sedan lågade det opp ett klart ljus i hennes ögon, och hon gick honom ett steg närmare.

Hon sa bara detta enda till honom, att innan han nu gick, så ville hon be honom, att han måtte komma till hennes hem också nästa nyårsnatt. Och när han blev stående och såg på henne helt förvånad, la hon till: "Ser ni, jag bad Jesus i natt, att han skulle skänka den första gästen på denna station ett gott nytt år, och jag vill se er igen, så att jag får veta om han har bönhört mig."

När han nu förstod vad hon menade, så bröt han ut i en svordom. "Ja, det ska jag lova er", sa han. "Jag ska komma och visa er, att han inte har frågat det minsta efter er och ert pjoller."

Han, som på detta sätt påminnes om ett löfte, som han har givit och alldeles förglömt, men nu ändå kommit att uppfylla, känner sig för ett ögonblick som ett svagt rö i en starkares hand och undrar om hans motstånd ingen betydelse har, men han kväver tanken. Han vill inte underkasta sig. Han vill strida emot ända till domens dag, om det så ska vara.

Frälsningssoldaten har blivit mer och mer upprörd, medan syster Maria har berättat om detta möte på nyårsmorgonen. Nu kan han inte hålla sig stilla längre, utan han springer upp.

- Ni har inte sagt mig namnet på den där vandraren, syster

Maria, men jag förstår, att det var David Holm.

Slumsystern nickar.

- Men Gud, Gud, Gud, syster Maria, utropar han och sträcker upp båda händerna, varför vill ni då, att jag ska hämta hit honom? Har ni märkt, att han har blivit bättre sedan den morgonen? Det är, som ni ville ha hit honom, för att hon ska få se, att hon bad Gud förgäves. Varför vill ni göra henne en sådan bedrövelse?

Slumsystern ser på honom med en otålighet, som gränsar till vrede.

- Jag har inte slutat…

Men frälsningssoldaten avbryter henne.

- Vi får ta oss i akt, syster Maria, vi får ta oss i akt för hämndlystnadens snara. Det finns hos mig en den syndiga naturens människa, som vill tillkalla David Holm just i natt, visa honom henne, som håller på att dö, och säga honom, att det är han, som har vållat, att hon måste gå ifrån oss. Jag tror, att det är er mening, syster Maria, att säga David Holm, att det var, medan syster Edit utförde det arbetet, som han i sin otacksamhet slet sönder, som hon blev smittad till döds. Jag har hört er säga, att syster Edit inte har haft en hälsodag sedan sista nyårsnatten. Men vi får ta oss i akt, syster Maria. Vi, som har levat med syster Edit och ännu ser henne för våra ögon, vi får akta oss för att ge rum åt våra hjärtans hårdhet.

Slumsystern böjer sig fram över bordet och talar utan att se upp, liksom hade hon ställt sina ord till figurerna i bordduken.

- Hämnd? säger hon. Är det hämnd att låta en människa förstå, att hon ägde det härligaste och har förlorat det? Eller om jag lägger det rostiga järnet i elden för att åter göra det friskt och blankt - är det hämnd?

- Det var det jag visste, syster Maria! infaller frälsningssoldaten med samma häftighet. Ni har hoppats att kunna omvända David Holm genom att lägga på honom samvetskvalens börda. Men har ni rätt betänkt om det inte är vår egen hämnd, som vi vill sköta och nära? Det är en lurande fälla i detta, syster

Maria. Det är lätt att ta miste.

Den lilla bleka slumsystern ser på frälsningssoldaten med en blick, som strålar av självförnekelsens entusiasm. "I kväll söker jag inte efter mitt", säger hennes blick tydligt nog. - Det finns många lurande fällor i en sådan sak, upprepar hon med stark tonvikt på orden.

Frälsningssoldaten blir röd som blod. Han försöker svara, men orden sviker honom. I nästa ögonblick kastar han sig ner mot bordet, döljer ansiktet i händerna och börjar gråta, överväldigad av länge återhållen sorg.

Slumsystern stör honom inte, men över hennes läppar framkväller en bön.

- O, Herre Gud, Jesus Kristus, låt oss komma igenom denna tunga natt! Låt mig få styrka att hjälpa alla mina vänner, jag, som är svagast och förstår minst!

Den fängslade har nästan inte skänkt någon uppmärksamhet alls åt anklagelsen att ha smittat ner slumsystern, men då den unga frälsningssoldaten brister i gråt, gör han en häftig rörelse. Han har gjort en upptäckt, som griper honom, och han bryr sig knappt om att dölja detta för körkarlen. Det behagar honom, att den, som den där vackra gossen har älskat, har föredragit honom själv.

När frälsningssoldatens snyftningar avtar i häftighet, upphör slumsystern att bedja och säger med ett vekt tonfall:

Gustavsson tänker på det där, som jag sa om syster Edit och David Holm för en stund sedan.

Det hörs ett ja under rockärmen, och därvid skakar hela karlen till av smärta.

- Och det vållar Gustavsson stort lidande, säger hon, det förstår jag. Jag vet en annan, som också älskar syster Edit av hela sin själ, och hon märkte det och sa till sig själv, att hon inte kunde förstå det. Hon menade, att om hon skulle tycka om någon, skulle det vara en, som stode högre än hon själv, och så menar också Gustavsson. Vi kan nog ge vårt liv för att tjäna de elända, men vår naturliga människas kärlek, Gustavsson, kan vi inte ge någon av dem. När jag nu säger Gustavsson, att syster Edit är annorlunda lagd, så tycker Gustavsson, att detta är något förringande, och det plågar Gustavsson.

Frälsningssoldaten rör sig inte, utan ligger kvar med huvudet mot bordsskivan. Den osynliga gestalten däremot har gjort ett försök att komma närmare, liksom för att höra bättre, men har genast blivit tillsagd av Georges att hålla sig stilla.

- Om du rör dig, David, så måste jag pålägga dig straff, vars like du aldrig har drömt om, säger han, och David Holm, som nu vet, att han kommer att hålla ord, förblir orörlig.

- Halleluja! utbrister slumsystern med ett överspänt uttryck över ansiktet. Halleluja! Vilka är vi, att vi skulle döma henne? Har Gustavsson inte sett, att när ett hjärta är fyllt av högmod, då ger det sin kärlek åt någon av de mäktiga och stora i denna världen, men när ett hjärta ingenting annat rymmer än ödmjukhet och barmhärtighet, åt vem kan det då ge sin varmaste kärlek, annat än åt den, som är störst i hårdhet, i förfall, i förvillelse?

Vid dessa ord är det David Holms tur att känna ett sting av obehag. "Men du är då bra besynnerligt i natt", tänker han för sig själv. "Vad bryr du dig om vad de där människorna säger om dig? Har du väntat, att de skulle sätta särskilt värde på dig?

Frälsningssoldaten lyfter nu upp sitt ansikte och ser prövande på slumsystern.

- Det är inte bara detta, syster Maria.

- Ja, Gustavsson, jag förstår vad Gustavsson menar. Men Gustavsson ska komma ihåg, att syster Edit då till en början inte visste, att David Holm var gift. Och i alla fall, fortsätter hon efter en liten tvekan, så tror jag - det är så svårt att tänka sig annat åtminstone -, att hela hennes kärlek gick ut på att få honom omvänd. Om hon hade fått se honom stå på estraden och bekänna, att han var frälst, så skulle hon ha varit lycklig.

Frälsningssoldaten har fattat slumsysterns hand, medan hans blickar hänger vid hennes mun. Vid hennes sista ord drar han ett lättnadens andetag.

- Men då var det ändå inte den kärleken, som jag menar!

säger han.

Slumsystern höjer litet på axlarna och suckar inför denna envishet.

- Jag har aldrig fått något förtroende av syster Edit i denna sak. Det kan ju hända, att jag tagit miste.

- Har inte syster Maria hört något av syster Edits egen mun, då är det min tro, att syster Maria har misstagit sig, säger den unge mannen med stort allvar.

Den liggande vålnaden nere vid dörren förmörkas. Han tycker inte om den vändning, som samtalet nu har tagit.

- Jag säger inte, Gustavsson, att syster Edit kände något annat än medlidande för David Holm, första gången hon såg honom. Och hon borde inte ha älskat honom sedan heller, för han kom en tid mycket ofta i hennes väg, och jämt stod han henne emot. Det var hustrur, som vände sig till oss och klagade över att deras männer hade blivit lockade att överge sitt arbete, sedan David Holm hade kommit till staden. Och det var ett tilltagande i fräckhet, i våldsamhet, i laster. Överallt, där vi vandrade fram bland de elända, fick vi erfara det. Och vi tyckte, att vi alltid kunde spåra det fram till David Holm. Men sådan, som syster Edit är, var det väl naturligt, att just detta skulle egga henne att söka vinna honom för Guds sak. Han var som ett villebråd, som hon förföljde med starka vapen, och ju mer det vände sig mot henne, desto häftigare anföll hon det, i sin förtröstan att hon ändå till slut skulle komma att segra, därför att hon var den, som var starkast av de två.

- Halleluja, utbrast frälsningssoldaten, det var hon också, syster Maria! Minns syster Maria, att ni och syster Edit en kväll kom in på en källare, där ni gick omkring och delade ut affischer om den nya slumstationen? Då såg syster Edit, att David Holm satt där vid ett bord och hade till sällskap en ung man, som hörde på hur landstrykaren gjorde sig lustig över slumsystrarna och instämde i hans skratt. Och syster Edit la märke till den unge mannen, och hennes hjärta blev rört över honom, och hon sa till honom ett par ord om att han inte skulle låta sig fördärvas. Och den mannen svarade henne ingenting och följde henne inte genast. Men han kunde inte förmå sin mun till att le, fastän han satt kvar i samma sällskap, och han fyllde på sitt glas, men han kunde inte föra det till sina läppar. David Holm och de andra skrattade åt honom och sa, att han hade blivit skrämd av slumsystern, men det var inte så, syster Maria, inte så, utan det var hennes medlidsamhet, att hon inte hade kunnat låta bli att varna honom, som rörde honom och betvang honom, så att han måste lämna de andra och följa henne. Ni vet, att detta är sant, syster Maria, och ni vet också vem den mannen var.

- Amen, amen, det är sant, att jag vet vem den mannen är, som från den dagen har varit vår bästa vän, säger slumsystern och nickar vänligt över till frälsningssoldaten. Jag nekar inte, att syster Edit segrade över David Holm någon enda gång, men alltsomoftast blev hon slagen. Hon hade också blivit förkyld under nyårsnatten, och hon gick och kämpade med en hosta, som inte ville gå över, som inte har gått över den dag som är. Det låg sjukdomens missmod över henne, och det vållade kanhända också, att hon inte stred med den gamla segerlyckan.

- Syster Maria! infaller frälsningssoldaten. Det är ingenting i det ni säger mig, som tyder på att hon höll honom kär.

- Nej, Gustavsson har rätt. Ingenting tydde på det då i början. Jag ska säga Gustavsson vad det var, som kom mig att tro det. Vi kände en fattig sömmerska, som hade lungsot, men som stred emot sin sjukdom och framför allt kämpade rent övermänskligt mot smittan, därför att hon hade ett barn, som hon ville akta för sjukdomen. Hon talade om för oss, att en dag, då hon hade kommit i hosta ute på gatan, hade en landstrykare gått rakt fram till henne och förebrått henne för hennes pjosk. "Jag har lungsot, jag med" hade han sagt, "och doktorn vill, att jag ska akta mig, men det sker inte. Jag hostar människor rätt opp i ansiktet, därför att jag hoppas, att de ska gå åt. Varför ska de ha det bättre än vi? Det skulle jag just vilja veta."

Mer hade han inte sagt, men sömmerskan hade blivit så

skrämd av honom, att hon hade känt sig sjuk hela dagen. Hon beskrev honom som en lång karl, som hade sett ståtlig ut, fastän han hade varit klädd i usla, trasiga kläder. Ansiktet hade stått mera otydligt för henne, men i timtal hade hon sett för sig hans ögon, som låg som två gula, ilskna strimmor mellan svullna ögonlock. Och det, som hade skrämt henne mest, det var, att han inte hade synts henne drucken eller alldeles förfallen, men ändå talade, som han gjorde, och närde ett så bittert hat till sina medmänniskor.

Det var ju inte underligt, att syster Edit genast kände igen David Holm på denna beskrivning, men det förvånade mig, att hon tog honom i försvar. Hon ville förmå kvinnan att tro, att han bara hade roat sig med att skrämma henne. "Det förstår ni väl, att en man, som ser så stark ut som han, inte kan ha någon tuberkulos", sa hon. "Jag tror, att han är elak nog för att vilja skrämma er, men inte skulle han gå och smitta ner folk med vett och vilja, om han vore sjuk. Han är väl inte något missfoster heller?"

Vi andra sa emot; vi trodde, att han inte gjorde sig sämre, än han var, men hon försvarade honom allt ivrigare, och hon blev nästan ond på oss, som trodde så illa om honom.

För andra gången visar körkarlen ett tecken till att han följer med det, som försiggår omkring honom. Han böjer sig ner och ser sin kamrat in i ögonen.

- Jag tror, att slumsystern har rätt, David. Den, som kunde neka att tro allt ont om dig, den har säkert haft dig mycket kär.

- Det kan ju hända, Gustavsson, att det där ingenting betydde, fortsätter slumsystern, och det, som jag la märke till ett par dar därefter, det betydde kanske än mindre. Men det var så, att då syster Edit en kväll vandrade hemåt och var nedslagen och modfälld över motgångar, som hade mött hennes skyddslingar, kom David Holm fram till henne och började tala med henne. Han ville bara säga henne, sa han på sitt försmädliga sätt, att nu skulle hon få det bättre och lugnare, därför att han skulle bege sig bort från staden.

Jag hade väntat, att syster Edit skulle bli glad åt detta, men jag hörde på hennes svar, att hon blev ledsen. Hon sa rentut till honom, att hon hellre ville, att han stannade, så att hon finge strida med honom än en tid.

Då beklagade han detta, men han kunde ändå inte stanna, därför att han var stadd på resa genom Sverige för att söka efter en person, som han nödvändigt måste ha reda på. Det fanns ingen ro eller rast för honom, förrän han funne den personen.

Och vet Gustavsson, syster Edit frågade med sådan tydlig ängslan efter vem denna person var, att jag var färdig att viska till henne, att hon skulle ta sig i akt och inte ge sig till spillo inför en sådan man. Men han tycktes ingenting märka, utan svarade bara, att om han funne personen i fråga, skulle det säkert bli henne kunnigt. Han hoppades, att hon då skulle glädja sig med honom över att han inte mer behövde dra land och rike omkring som en fattig luffare.

Därmed gick han, och han måtte ha hållit ord, för vi såg inte vidare till honom. Jag hoppades, att vi aldrig mer skulle behöva ha något med honom att göra, därför att han syntes mig föra olycka med sig, var han visade sig. Men nu hände en dag, att en kvinna kom opp till syster Edit på slumstationen för att fråga efter David Holm. Hon anförtrodde henne, att hon var hans hustru, som inte hade kunnat stå ut med hans dryckenskap och dåliga levnad, utan hade övergivit honom. Hon hade smugit sig bort i hemlighet och tagit barnen med sig och flyttat till var stad, som låg så långt från deras forna hem, att det inte hade fallit honom in att på allvar söka henne här. Hon hade nu fått arbete på en fabrik och var så väl lönad, att hon kunde försörja sig och de sina. Och det var en välklädd kvinna, som ingav förtroende och aktning, och hon hade blivit ett slags föreståndarinna för de unga flickorna, som arbetade på fabriken, och hade redan kunnat förtjäna så mycket, att hon hade skaffat sig ett trevligt hem med tillräckligt av möbler och husgeråd. Men förut, medan hon ännu hade bott kvar hos sin man, hade hon inte ägt nog till föda åt sig och barnen, utan de hade måst svälta.

Nu hade hon hört, att hennes man hade varit sedd i staden och att slumsystrarna kände honom, och hon hade kommit upp för att få veta av oss hur han hade det.

Om Gustavsson hade varit närvarande då och hört och sett syster Edit, skulle Gustavsson aldrig ha kunnat glömma det. När kvinnan först kom till oss och talade om vem hon var, bleknade hon och såg ut, som om hon hade fått en sorg till döds, men hon återhämtade sig snart, och det kom ett uttryck i hennes ögon, som var överjordiskt. Det syntes, att hon hade övervunnit sig själv och ingenting begärde för egen del av något, som hörde denna världen till. Och till hans hustru talade hon med en sådan ljuvlighet, skulle jag ha velat säga, att hon rörde henne till tårar. Hon sa henne inte ett förebrående ord, men ändå förmådde hon henne att ångra, att hon hade övergivit sin man. Jag tror, att hon kom kvinnan att anse sig själv som ett under av hårdhet. Och än mer, Gustavsson, syster Edit förstod att väcka opp hos henne den gamla kärleken, ungdomskärleken, som hon hade känt för sin man, då de först gifte sig. Hon lockade hustrun att berätta om hurudan han hade varit första tiden av äktenskapet, och hon kom henne att längta efter mannen. Gustavsson ska inte tro, att hon dolde hurudan han nu var, men hon ingav den andra lika stark åstundan att få upprätta David Holm, som den hon själv kände.

Körkarlen borta vid dörren har under detta tal åter böjt sig fram och betraktat den fångne, men denna gång reser han sig upp utan att säga något. Det samlar sig omkring hans forne kamrat något mörkt och ohyggligt, som han inte tycks kunna uthärda. Han rätar upp sig mot väggen och drar hättan djupt ner över ögonen för att slippa se honom.

- Säkert fanns det redan hos hustrun en grodd av samvetskval, därför att hon hade lämnat sin man till hans egen dålighet och ondska, fortsätter slumsystern. Och medan hon nu talade med syster Edit, tog allt detta ny växt hos henne. Denna första gång var det dock inte fråga om att hon borde låta mannen veta var hon fanns, utan det blev beslutat under andra långa samtal. Och jag vill inte säga, Gustavsson, att syster Edit övertalade henne, inte heller att hon ingav henne några stora förhoppningar, men jag vet, att hon önskade, att hustrun skulle kalla honom hem till sig. Hon trodde, att det skulle rädda honom, och hon avrådde henne inte. Jag måste säga, att det var syster Edits verk, att det blev av, jag måste säga, att det var hon, som återförenade den mannen med dem, som han hade makt att fördärva. Jag har tänkt och undrat mycket över detta, och jag förstår inte hur hon skulle ha vågat att ta på sig ett sådant ansvar, om hon inte hade älskat honom.

Slumsystern uttalade dessa ord med stark övertygelse, men de två, som förut hade blivit upprörda, då hon hade berättat om den sjuka slumsysterns kärlek, förhöll sig nu stilla. Frälsningssoldaten satt orörlig med handen över ögonen, och den liggande gestalten vid dörren hade återtagit det uttryck av mörk hatfullhet, som han hade burit, då han först släpades in i rummet.

- Ingen av oss visste vart David Holm hade vandrat, började slumsystern på nytt, men syster Edit sände honom bud med andra av de kringströvande, att vi kunde ge honom underrättelser om hans hustru och barn, och det dröjde inte länge, innan han kom. Och syster Edit förde nu honom och hans hustru tillsammans, sedan hon först hade sörjt för att han blev ordentligt klädd och hade skaffat honom plats bland stadens byggarbetare. Hon begärde inga löften och förbindelser av honom. Hon visste, att sådana som han kan ingen binda med löften, men hon ville omplantera i god jordmån den säden, som hade vuxit bland törnen, och hon var viss om att hon skulle lyckas.

Och vem vet om inte syster Edit skulle ha kunnat vinna sitt mål? Men nu hände den stora olyckan. Syster Edit blev först liggande i lunginflammation, och när denna var hävd, och vi hoppades på ett snart tillfrisknande, tynade hon i stället av och vi måste sända henne till sanatoriet.

Men hur David Holm har varit mot sin hustru, det behöver jag inte säga Gustavsson. Det vet Gustavsson lika väl, som vi alla vet det. Den enda, som vi har försökt hålla i okunnighet, är syster Edit, därför att vi velat vara misskundsamma mot henne. Vi har hoppats, att hon skulle få dö utan att höra det, men nu är jag inte säker på hur det förhåller sig härmed. Jag tror, att hon vet det.

- Hur skulle hon ha fått veta?

- Det bandet, som binder henne vid David Holm, är så starkt, så att jag tror, att hon har kunnat skaffa sig kunskap om det, som rör honom, på andra vägar än de vanliga. Och det är därför, att hon vet allt, som hon hela dagen har begärt att få tala med honom. Hon har dragit oändligt elände över hans hustru och barn, och hon har bara dessa korta stunder på sig för att ställa till rätta. Och vi är så slöa, att vi inte kan hjälpa henne så mycket, att vi skaffar hit honom!

- Men vad tjänar det till? frågar frälsningssoldaten envist. Hon kan inte tala med honom. Hon är för svag.

- Jag kan tala med honom i hennes namn, säger slumsystern med tillförsikt. Och han skulle lyssna till de ord, som talades till honom invid hennes dödsbädd.

- Vad skulle ni säga honom, syster Maria? Skulle ni säga honom, att hon älskade honom?

Slumsystern reser sig upp. Hon knäpper händerna över bröstet och står med ansiktet vänt uppåt och ögonen slutna.

- Ack, Herre Gud, ber hon, låt det ske så, att David Holm kommer hit, innan syster Edit dör! Gode Gud, låt det ske så, att han får se hennes kärlek och att hennes kärleks eld smälter hans själ! Gode Gud, är inte den kärleken sänd till henne, för att den ska besegra hans hjärta? Gode Gud, gör mig modig, så att jag inte tänker på att spara henne, utan vågar lägga ner hans själ i lågan av hennes kärlek! Gode Gud, låt honom känna den som en mild vind genom själen, som fläkten av en änglavinge, som det röda ljuset, som tändes om morgonen i öster och fördriver nattmörkret! Gode Gud, låt honom inte tro, att jag vill ha hämnd på honom! Gode Gud, låt honom förstå, att syster Edit endast har älskat det allra innersta i honom, det, som han själv har sökt att förkväva och döda! Gode Gud...

Slumsystern spritter till och ser upp. Frälsningssoldaten står och drar på sig rocken.

- Jag ska gå efter honom, syster Maria, säger han med något tjockt i rösten. Jag ska inte komma tillbaka utan honom.

Men den liggande gestalten borta vid dörren vänder sig nu mot körkarlen och tilltalar honom.

- Georges, är det inte nog med det här? När jag först kom in hit, var det något, som grep mig, i det, som de talade om. På det sättet hade du kanske kunnat få mig mjuk, men du skulle ha varnat dem. De skulle ha låtit bli att tala om min hustru.

Körkarlen svarar inte, men med en liten rörelse visar han inåt rummet. Det är en gammal kvinna, som har kommit in genom tapetdörren längst borta i förmaket. Hon går med tysta steg fram till de båda, som har fört det långa samtalet, och säger med en röst, som skälver under betydelsen av det, som hon har att förkunna:

- Hon vill inte längre ligga kvar där inne. Hon vill flytta hit ut. Nu är det snart förbi.

VI

Den stackars lilla slumsystern, som ligger på dödsbädden, känner hur hon för varje ögonblick blir alltmer svag och maktlös. Hon har inte några plågor, men hon ligger och strider mot döden, såsom hon mången natt, då hon har vakat hos en sjuk, har stridit mot sömnen.

- Ack, så ljuvligt du lockar! Men det går inte an, att du tar mig, har hon då sagt till sömnen, och om den i alla fall har sänkt sig över henne ett par ögonblick, har hon raskt spruttit opp ur den och återvänt till sina plikter.

Nu tycker hon, att någonstädes i ett svalt rum med en oändligt frisk och ren luft, som det skulle vara en ljuvlighet för hennes sjuka lungor att inandas, bäddas en djup och bred säng med kuddar så mjuka och pösande som en jäsande deg. Hon vet, att denna bädd göres i ordning åt henne, och hon längtar efter att få sjunka ner i den och sova bort all den oändliga mattigheten, men hon har en känsla av att hon då skulle somna in så djupt, att hon aldrig mer skulle vakna. Hon fortfar att visa från sig vilans lockelse. Den kan ännu inte få komma henne till del.

När den lilla slumsystern blickar ut i rummet, ligger det en förebråelse i hennes ögon. Hon ser strängare ut, än hon har gjort någonsin förr.

- Vad ni är hårda, som inte hjälper mig med detta enda, som jag åstundar! tycks hon klaga. Har jag inte gått så många steg för att tjäna er alla, då jag var frisk, att ni kunde göra er den mödan att kalla hit honom, som jag vill råka?

Hon ligger som oftast med slutna ögon och väntar och lyssnar så ivrigt, att ingen rörelse i det lilla huset undgår henne. Med ens får hon det intrycket, att en främmande har kommit in i det yttre rummet och sitter där och väntar på att bli införd till henne. Hon slår upp ögonen och ser bönfallande på sin mor.

- Han står ju nere vid köksdörren. Kan inte mor släppa in honom?

Hennes mor reser på sig, går fram till tapetdörren, öppnar den och ser ut i det större rummet. Hon kommer tillbaka och skakar på huvudet.

- Det är ingen där, barn, säger hon, ingen mer än syster Maria och Gustavsson.

Då suckar den sjuka och sluter ögonen på nytt. Men än en gång har hon förnimmelsen, att han sitter tätt innanför dörren och väntar. Om bara hennes kläder låge på en stol vid sängfoten som vanligt, skulle hon sätta dem på sig för att själv kunna gå dit ut och tala vid honom. Men kläderna ligger där inte, och dessutom fruktar hon, att hennes mor inte ska ge henne tillåtelse att stiga upp.

Hon undrar och undrar hur hon ska kunna komma ut i det yttre rummet. Hon är viss om att han finns där. Mor kan bara inte förmå sig att släppa in honom till henne. Mor tycker väl, att han ser förfärlig ut, och vill inte, att hon ska tala vid en sådan karl. Mor tror, att det inte tjänar något till, att hon får råka honom. Mor menar, att det kan göra henne detsamma hur det ska gå honom nu, då hon måste dö.

Till sist hittar hon på något, som förefaller henne utomordentligt listigt. "Jag ska be mor, att jag får flytta ut i det stora rummet och ligga där", tänker hon. "Jag ska säga henne, att jag längtar att få se det än en gång. Det kan inte mor ha något emot."

Hon framför sin önskan, men hon måste undra om modern kan ha genomskådat hennes syfte med flyttningen, ty denna har mycket att invända.

- Ligger du inte bra där du ligger? säger hon. Du har ju varit nöjd med att ligga här de andra dagarna.

Hon gör ingenting för att villfara den sjukas bön, utan blir sittande stilla. Den lilla slumsystern känner det så, som hon var barn i världen och hade bett modern om något, som denna inte fann det lämpligt att ge henne. Och på samma sätt som ett litet barn börjar hon nu att be och kälta för att uttrötta hennes tålamod.

- Mor, jag vill så gärna komma ut i det stora rummet. Gustavsson och syster Maria bär mig nog dit ut, om bara mor kallar på dem. Det blir inte så länge, mor, som min säng behöver stå där.

Du ska få se, säger hennes mor, att du är inte väl där ute, förrän du längtar hit igen, men hon reser sig i alla fall och kommer tillbaka med de två vännerna.

Det är en lycka, att hon ligger i den lilla lätta träsängen, som hon har sovit i som barn, så att de tre, syster Maria, Gustavsson och hennes mor, mycket väl rår med att bära ut henne. Så snart hon är kommen genom dörröppningen, kastar hon en snabb blick framåt köket. Hon blir helt häpen över att hon inte ser honom där. Denna gång har hon varit alldeles säker på sin sak.

Hon känner sig mycket besviken, och i stället för att se sig omkring i det tredelade rummet, som gömmer så många minnen, lägger hon ihop ögonen. Då har hon genast åter förnimmelsen, att en främmande sitter nere vid dörren och väntar. "Det är omöjligt, att jag tar miste", tänker hon. "Någon måste finnas där, antingen det nu är han eller någon annan.

Hon öppnar ögonen på nytt och genomforskar rummet med skärpt uppmärksamhet. Då upptäcker hon med stor möda, att där nere vid dörren står något. Det är inte så tydligt som en skugga. Hon skulle vilja säga att det är bara skuggan av en skugga.

Modern böjer sig ner över henne.

- Har du det bättre nu, sedan du har kommit hit? frågar hon.

Hon nickar och viskar, att hon är så glad att vara där. Men hon tänker inte på rummet, utan ligger hela tiden och ser neråt dörren. "Vad är det, som finns där nere?" undrar hon, och hon tycker, att det gäller mer än livet för henne att få reda på detta.

Syster Maria råkar ställa sig så, att hon skymmer bort dörren, men med ansträngande av alla sina krafter för hon undan henne.

De har satt ner hennes säng i den avdelningen i rummet, som hon och hennes mor brukade kalla för deras förmak, och denna avdelning ligger längst borta från dörren. När hon har legat där en liten stund, viskar hon till sin mor:

- Nu har jag sett hur det ser ut i förmaket, nu vill jag också ut i matsalen.

Hon kan märka, att hennes mor utbyter en bekymrad blick med de andra två och att de skakar på huvudet. Hon uttyder det så, att de är ängsliga för att flytta henne närmare den där skugglike, som dröjer nere vid dörren. Hon har nu så småningom börjat ana vem han är, men hon blir inte rädd för honom, bara önskar att komma honom närmare.

Hon ger sin mor och sina vänner en bönfallande blick, och de lyder henne utan att göra några vidare invändningar.

När hon nu befinner sig i den avdelningen, som de förr kallade matsalen, är hon dörren mycket närmare och kan urskilja, att där dröjer en mörk gestalt, som håller något slags verktyg i sina händer. Detta kan inte vara han, men det är i alla fall någon, som det är av stor vikt för henne att få råka.

Hon måste komma honom närmare, och under det att hon anstränger sig för att frambringa ett urskuldande leende, gör hon ett tecken, att hon också vill bli förd till köket. Hon ser, att hennes mor blir så bedrövad över detta, att hon börjar gråta, och genom hennes själ far en flyktig tanke på att hennes mor påminner sig henne sittande på golvet framför spisen, rodnande i eldskenet och pratande om allt möjligt, som har hänt henne i skolan, medan modern håller på att laga kvällsvarden åt dem. Hon förstår, att hennes mor i själva verket tycker sig se henne överallt på hennes vanliga platser och att hon håller på att svikta under den tomhetskänsla, som kommer över henne. Men hon får inte tänka på sin mor nu. Hon får inte fästa sin uppmärksamhet vid annat än det viktiga, som hon måste ombesörja under den korta tid, som återstår henne.

Nu, då hon har flyttats ända längst bort i rummet, kan hon äntligen tydligt se den oskönjbare, som finns nere vid dörren. Det är en gestalt i svart kåpa med en kapuschong dragen över huvud och ansikte. Han håller i handen en lång lie. Hon behöver inte ett ögonblick vara i tvivelsmål om vem han är.

"Det är Döden", tänker hon. Och hon blir rädd, därför att han har kommit för tidigt för henne. Annars inger han henne ingen förskräckelse.

Alltsom den stackars sjuka har flyttat sig närmare och närmare, har den liggande, fängslade gestalten krupit ihop, försökt att göra sig mindre, liksom ville han undgå hennes uppmärksamhet. Han märker, att hon oupphörligen ser emot dörren, och det tycks honom, att hon urskiljer något där. Han vill inte, att hon ska se honom. Det skulle vara en alltför stor förödmjukelse. Hennes blickar möter inte heller hans. De är riktade mot en annan, och han förstår, att om hon varsnar någon, så är det inte honom, utan Georges.

Knappt har hon kommit dem som allra närmast, förrän han märker, att hon genom ett litet tecken med huvudet kallar Georges fram till sin bädd. Georges drar kåpan tätare omkring sig än förut, liksom han fröse, och stiger fram till henne. Hon ser upp till honom med ett litet, bevekande småleende.

- Du ser, att jag inte är rädd för dig, viskar hon nästan ljudlöst. Jag vill gärna följa din kallelse, men först måste jag fråga dig om du inte kunde ge mig uppskov till i morgon, så att jag finge fullgöra det stora uppdrag, för vars skull Gud sände mig hit till världen.

Medan hon på detta sätt är upptagen av att tala till Georges, har David Holm lyft huvudet, så att han kan se henne. Han märker då, att hennes andes heliga upphöjdhet har gett henne en skönhet, som hon aldrig förr har ägt, något stolt, högt, ouppnåeligt, men så oemotståndligt intagande, att han inte mer kan tänka på att ta sina ögon från henne.

- Du kanske inte hör mig? säger hon till Georges. Böj dig närmare framöver mig! Jag måste tala vid dig, utan att de andra hör vad jag säger.

Georges böjer sig framåt, så att hans kapuschong nästan rör vid hennes ansikte.

- Tala så lågt du vill! säger han. Jag ska ändå höra dig.

Hon börjar då tala med en viskning så svag, att ingen av de tre människorna, som står omkring hennes bädd, har en aning om att hon säger något. Det är bara körkarlen och den andra vålnaden, som hör henne.

- Jag vet inte om du har reda på vad det gäller för mig, säger hon till Georges, men jag behöver nödvändigt uppskov till i morgon, så att jag får råka någon, som jag måste tala till rätta. Du vet inte hur illa jag har handlat. Jag har varit för självrådig och oförvägen. Hur ska jag kunna träda inför Guds ansikte, jag, som har vållat en sådan förfärlig olycka? Hennes ögon vidgar sig av skräck, och hon drar tungt efter andan, men hon fortsätter utan att invänta något svar.

- Jag måste väl tala om för dig, att den, som jag vill råka, är den mannen, som jag älskar. Du förstår mig ju? Den mannen, som jag älskar.

- Men, syster, säger körkarlen, den mannen...

Men hon vill inte höra hans svar, förrän hon har fått framlägga allt det, som bör beveka honom.

- Du förstår, att jag är i stor nöd, då jag säger detta. Det är inte lätt för mig att erkänna, att jag älskar just den mannen. Det har varit en skam för mig att tänka på att jag skulle vara så förfallen, att jag älskade någon, som är bunden vid en annan. Jag har stridit och kämpat emot. Jag har tyckt, att jag, som skulle vara en ledare och upprättare för de elända, har blivit sämre än den sämsta ibland dem.

Georges' ena hand stryker över hennes panna liksom lugnande, men han säger ingenting, utan låter henne fortsätta.

- Men den värsta förödmjukelsen ligger ändå inte däri, att jag älskar en gift man. Den värsta förnedringen består däri, att det är en ond och dålig människa, som jag älskar. Jag vet inte varför jag ska ha kastat bort mig på en usling. Jag har hoppats, jag har trott, att det skulle finnas något gott hos honom, men jag har ständigt blivit besviken. Jag måste själv vara dålig, eftersom mitt hjärta har kunnat fara så vilse. O, kan du inte förstå, att det är omöjligt för mig att gå bort utan att ha fått göra ännu ett försök, utan att ha fått se honom bli en annan?

- Du har nog gjort så många försök allaredan, säger Georges avvisande.

Hon sluter ögonen och eftersinnar, men hon ser snart upp igen, och nu lyser en ny tillförsikt ur hennes ansikte.

- Du tror, att jag bara ber för min egen del, och du tycker som de andra, att mig kan det göra detsamma hur det går honom; jag ska ju ändå tas bort ifrån allt här nere. Jag får lov att tala om något för dig, som har hänt denna dag, så att du förstår, att det är för att hjälpa andra, som jag behöver uppskovet.

Hon sluter ögonen och talar vidare utan att öppna dem.

- Ser du, det var i förmiddags. Jag förstår inte nu riktigt hur det kunde vara så, men jag var ute med en korg på armen, jag skulle väl bära mat till någon fattig. Jag stod inne på en gård, där jag aldrig vet mig ha varit förr. Det var höga hus runtomkring mig, och de såg ordentliga och väl hållna ut, som om de skulle vara bebodda av bärgat folk. Jag visste inte vad jag kunde ha att göra på detta ställe, men så la jag märke till att på ena husväggen fanns ett utbygge, som egentligen tycktes vara ämnat till ett hönshus. Nu hade man försökt att förvandla det till människoboning. Det var påspikat här och där med plankbitar och papp, det hade några sneda fönster och ett par skorstensrör av plåt på taket.

Ur det ena av skorstensrören trängde en tunn rök, och då jag sålunda förstod, att lägenheten var bebodd, sa jag till mig själv: "Hit är det naturligtvis, som jag ämnar mig."

Jag steg oppför en trätrappa, som var brant som en stege och som än en gång kom mig att tycka, att jag begav mig opp till något slags fågelnäste, och jag la min hand på låset till förstudörren. Jag kände, att den var olåst, och eftersom jag hörde röster där inne, steg jag på utan att knacka.

Ingen vände sig om och såg mot mig, när jag trädde in, och jag drog mig undan i vrån nere vid dörren och blev stående där för att vänta, tills jag skulle behövas. För jag visste alldeles bestämt, att jag hade kommit dit för något särskilt viktigt ändamål.

Under tiden stod jag och tänkte på att jag hade kommit in i ett uthus och inte i ett rum för människor. Det fanns knappt några möbler, inte ens en säng. I en vrå låg några trasiga madrasser, som jag kunde förstå skulle tjäna till bädd. Inga stolar, åtminstone inga så hela, att de hade kunnat säljas, och bara ett enda klumpigt och omålat bord. Med ens sa jag till mig själv, att jag visste var jag var. Det var ju David Holms hustru, som stod mittpå golvet. De hade alltså flyttat, medan jag hade varit på sanatoriet. Varför hade de det så eländigt och obekvämt? Och var var deras möbler? Var var den vackra chiffonjén och symaskinen och...

Jag fick sluta mitt i uppräkningen. Jag visste inte vad jag inte saknade. Här fanns ju ingenting.

"Vad hustrun ser förtvivlad ut", tänkte jag, "och vad hon är fattigt klädd! Hon har blivit en annan sedan i våras." Jag ville skynda fram för att fråga, men jag hölls tillbaka därav, att det fanns två främmande damer i rummet, som stod i livligt samtal med David Holms hustru.

De var mycket allvarliga alla tre, och jag förstod snart vad det var fråga om. Det var meningen, att den fattiga kvinnans båda barn skulle föras bort till en barnasyl för att inte bli smittade av fadern, som hade lungsot.

Jag kunde inte tro, att jag hade hört rätt. "Inte är det möjligt, att David Holm har tuberkulos", tänkte jag. "Jag vet, att jag en gång hörde talas om det, men jag ville inte tro det."

En sak, som jag inte heller kunde förklara, var, att de bara talade om två barn. Jag ville minnas, att det skulle finnas tre.

Det dröjde inte, förrän jag fick veta orsaken. Den ena av de välgörande damerna hade märkt, att den fattiga modern grät, och hon sa något vänligt om att barnen skulle få lika god omvårdnad som någonsin i ett hem.

"Doktorinnan ska inte bry sig om, att jag gråter", hörde jag hustrun svara. "Jag skulle gråta mer, om jag inte finge skicka bort barnen. Jag har den yngste av dem på lasarettet, och när jag har sett hur han lider, så har jag sagt till mig själv, att om jag kunde få bort de andra två från hemmet, så skulle jag inte säga emot med ett ord, bara tacka och vara glad."

När hon sa detta, kände jag en beklämmande ångest. Vad hade David Holm gjort med sin hustru och sitt hem och sina barn? Eller, rättare sagt, vad hade jag gjort? Det var jag, som hade släppt in honom till dem.

Jag började gråta och snyfta, där jag stod i mitt hörn. Jag kunde inte förstå, att inte de andra märkte mig, men ingen av dem låtsades om mig.

Jag såg, att hustrun närmade sig till dörren. "Jag ska gå ner på gatan och kalla in barnen", sa hon. "De är inte långt borta."

Hon gick förbi mig och var mig så nära, att hennes fattiga, lappade klänning snuddade vid min hand. Då kastade jag mig ner på knä, drog klänningen till mina läppar, kysste den och grät. Men jag kunde ingenting säga. Den orätt, som jag hade gjort den kvinnan, var alltför stor.

Jag var förvånad över att hon inte alls la märke till mig, men jag kunde också väl begripa, att hon inte ville tala till den, som hade dragit in olyckan i hennes hem.

Den fattiga modern kom emellertid inte att lämna rummet, därför att en av damerna sa till henne, att det var en sak som borde ordnas, innan barnen kallades in. Hon tog fram ett papper ur en handväska och läste opp det högt. Det var ett intyg, att föräldrarna anförtrodde sina barn i hennes vård, så länge som deras hem var smittat av tuberkulos, och skulle undertecknas av både far och mor.

Det fanns en dörr i motsatta ändan av rummet. Den öppnades nu, och David Holm kom in. Jag kunde inte låta bli att tro, att han hade stått och väntat bakom denna dörr för att visa sig just i rätta ögonblicket.

Han var klädd i de gamla, sluskiga kläderna, och han hade den elaka glimten i ögat. Jag måste säga till mig själv, att han såg sig omkring med tydlig förnöjelse, som om han vore glad över allt eländet omkring honom.

Han började tala om hur mycket han älskade sina barn, och att han kände det svårt, då det ena av dem var fört till lasarettet, att också förlora de båda andra.

De två damerna gjorde sig knappast besvär att höra på honom. De anmärkte endast, att hans barn så mycket säkrare skulle gå förlorade för honom, om han inte lämnade dem ifrån sig.

Medan de talade med honom om detta, vände jag ögonen från honom och såg på hustrun. Hon hade dragit sig opp mot en vägg, och hon såg på honom så, som jag tyckte, att en, som hade blivit piskad och rådbråkad, borde se på sin bödel.

Det började att gå opp för mig, att jag hade handlat mer orätt, än jag hade förstått hittills. Det tycktes mig, att det måste finnas ett dolt hat hos David Holm till den kvinnan. Att han hade sökt bli återförenad med henne, inte av längtan efter ett hem, utan för att få plåga henne.

Jag hörde hur han stod och underhöll de fina damerna med tal om sin faderskärlek. De svarade honom, att han kunde ge prov på den genom att iaktta doktorns föreskrifter och låta bli att sprida smitta omkring sig. I så fall såge de gärna, att barnen finge stanna hemma.

Men ingen av dem anade ännu vad han hade i sinnet. Det var jag, som först förstod det. "Han ämnar behålla barnen", tänkte jag, "han bryr sig inte om, att de blir smittade."

Hustrun hade just kommit att inse detsamma. Hon skrek till våldsamt, besinningslöst. "Den mördaren! Han vill inte låta mig sända bort dem! Han vill, att de ska stanna hemma, för att han ska få smitta ner dem, så att de dör! Han har räknat ut, att han ska hämnas på mig på det sättet."

David Holm vände sig från henne med en axelryckning.

"Det är sant, att jag inte vill underskriva det där papperet", sa han till de båda damerna.

Det blev ett häftigt talande och övertalande. Hustrun stormade lös på honom med vreda ord, och även de två damerna fick en rodnad på kinderna, och sa skarpa saker.

Jag lyssnade till detta under obeskrivlig ängslan. Det var ingen av de andra, som kunde lida som jag, därför att ingen av dem älskade den mannen, som begick ogärningen. Jag stod där och hoppades, att de skulle finna de rätta, bevekande orden. Jag ville själv störta fram ur hörnet där jag stod. Men det var en besynnerlig bundenhet över mig, så att jag inte kunde. "Vad tjänar det till att tvista, att övertala?" tänkte jag. "En sådan man som han måste man skrämma." Varken hustrun eller någon av de andra sa ett ord om Gud. Ingen hotade honom med den Rättfärdiges vrede. Jag tyckte, att jag höll Guds straffande blixt i min hand, men jag mäktade inte slunga den.

Det blev tyst i rummet på en gång. De två fina damerna reste sig och ville gå. De hade ingenting vunnit. Det hade inte heller hustrun. Hon hade slutat strida och hade sjunkit ihop i förtvivlan.

Än en gång gjorde jag ett övermänskligt bemödande för att kunna röra mig och tala. Orden brände mig på tungan. "O, du hycklare!" ville jag säga. "Tror du inte jag ser vad du menar och åsyftar? Jag, som ska dö, jag stämmer dig att möta mig inför Guds domstol. Jag anklagar dig inför den högste domaren för att vilja mörda dina egna barn. Jag ska bära vittne emot dig."

Men då jag reste mig för att säga detta, då var jag inte längre där borta i David Holms bostad, utan jag var här hemma och låg maktlös i min säng. Och sedan dess har jag kallat och kallat, men inte kunnat få hit honom.

Den lilla slumsystern har legat med slutna ögon, alltmedan hon har viskat fram denna berättelse. Nu öppnar hon dem mycket stort och ser på Georges med obeskrivlig ängslan.

- Du kan ju inte låta mig dö utan att ha fått tala med honom? säger hon bedjande. Tänk på barnen och på hustrun!

Den liggande gestalten förundrar sig över Georges. Han kunde ju ha lugnat henne med ett enda ord, sagt henne, att David Holm var ur spelet och inte längre kunde skada hustru och barn, men han undanhåller henne denna nyhet. I stället börjar han att göra henne mer missmodig.

- Vad skulle du ha för makt över David Holm? säger han. Han är inte en man, som låter beveka sig. Detta, som du har sett i dag, är ingenting annat än den hämnd, som han i långa år har glatt sitt hjärta med att uttänka.

- Ack, säg inte så, säg inte så! utbrister hon.

- Jag känner honom bättre än du, säger körkarlen. Och jag ska berätta dig vad det var, som gjorde David Holm till det han nu är.

- Jag vill gärna höra dig, säger hon. Det vore gott för mig, om jag kunde komma att förstå honom.

- Du ska då följa mig till en annan stad, säger körkarlen, och vi ska stanna utanför cellfängelset. Det är en aftonstund, och en man, som har suttit inne en åtta eller fjorton dagar för fylleri, blir just utsläppt. Ingen väntar honom utanför fängelseporten, men han stannar och ser sig omkring, i hopp att någon ska komma, ty det hade han önskat mycket livligt just då.

Det förhåller sig så, att mannen, som kommer ut ur fängelset, helt nyss har varit utsatt för en stark sinnesrörelse. Medan han har suttit där, har hans yngre bror råkat illa ut. Han har begått dråp, under det att han har varit drucken, och han har blivit insatt i häkte. Den äldre brodern har inte vetat något om saken, förrän fängelsepredikanten har tagit honom med sig in i dråparens cell och visat honom den unga mannen, som satt där med handklovarna ännu på, för han hade varit våldsam vid infångandet. "Ser du vem det är, som sitter här?" har prästen frågat, och när mannen såg, att det var hans bror, grep det honom häftigt, för den där brodern hade han alltid tyckt mycket om. "Det blir nu han, som kommer att få sitta i fängelse i många år", sa prästen, "men vi säger alla här, David Holm, att det är du, som borde tjäna av straffet i hans ställe, för det är ingen annan än du, som har lockat och förfört honom, tills han har blivit en sådan fyllhund, att han inte vet vad han gör."

Det hade varit med knapp nöd, som David Holm hade kunnat hålla sig lugn, ända tills han kom tillbaka till sin cell, men då började han gråta, såsom han inte hade gråtit, sedan han var barn. Och efteråt hade han sagt till sig själv, att nu ville han vända om från sina onda vägar. Han hade inte förut förstått hur det kändes att ha dragit ett stort elände över någon, som han höll av. Nu hade hans tanke från brodern vänt sig till hustru och barn, och han hade med ens förstått, att de hade det svårt, men nu lovade han sig, att de aldrig mer skulle behöva beklaga sig över honom. Och nu den där aftonstunden, då han kommer ut ur fängelset, längtar han efter hustrun för att få tala om för henne, att han ämnar börja ett nytt leverne.

Men hon är honom inte till mötes vid fängelset, och inte heller möter han henne på vägen. Ja, då han kommer hem till deras bostad och knackar på där, så slår hon inte opp dörren på vid gavel för honom, som hon annars brukar, när han har varit länge borta. Det far en aning igenom honom om hur det står till, men han vill inte tro den. Det är omöjligt, att detta skulle hända just nu, då han vill bli en annan människa.

Hustrun brukar alltid stoppa in nyckeln under dörrmattan, då hon går ut, och han böjer sig ner och finner den på det vanliga stället. Så öppnar han dörren och ser in i sitt hem och undrar om han har gått galet, därför att rummet är alldeles tomt. Ja, inte riktigt tomt heller: de flesta möblerna står kvar, men där finns inte en människa.

Inte heller finns det ved eller mat, inte gardiner för fönsterna. Rummet är otrevligt och ruskigt och förefaller att ha stått obebott i flera dar.

Han går in till grannarna och frågar om hustrun har blivit sjuk, medan han har varit borta. Han försöker inbilla sig, att hon kan ha blivit förd till lasarettet. "Å nej, det var ingen fara med henne häromdagen, då hon for sin väg", svarar de. -"Men vart har hon då tagit vägen?" - "Ja, det är det ingen, som vet".

Han ser, att de är både nyfikna och skadeglada, och han känner återigen, att det bara kan förhålla sig på ett sätt. Det är nog så, att hustrun har begagnat tillfället, medan han har suttit inne, och rest sin väg. Hon har tagit med sig barnen och det, som hon eljest bäst behövde, och inte förberett honom på något sätt, utan låtit honom komma hem till denna tomhet. Och han, som har tänkt, att han skulle komma till henne med så stor glädje! Han har läst över vad han skulle säga till henne. Han ämnade riktigt be henne om förlåtelse. Han har en vän, en karl, som har tillhört en bildad samhällsklass, men är alldeles förfallen. Han har ämnat lova, att han inte mer ska söka hans sällskap, fastän han dras till honom inte bara av det, som är ont hos honom, utan därför, att han har bildning och vetande. Nästa dag, skulle han ha gått till sin gamle mästare och bett att bli upptagen i tjänst igen. Han skulle ha trälat för hustrun och barnen, så att de skulle ha fått gå i snygga kläder och inte mer behövt leva en bekymmersam dag. Och nu, då han har tänkt ut allt detta, har hon rymt från honom!

Han blir kall, han blir varm, han ryser över hennes hjärtlöshet. Ja, han kunde ha förstått, att hon hade gått, om det bara hade skett öppet och ärligt. Han hade i så fall inte haft någon rätt att vredgas, för hon har haft ett svårt liv med honom. Men att hon hade smugit sin väg och låtit honom komma till det tomma hemmet utan en varning, det var hjärtlöst. Det kunde han aldrig förlåta henne.

Han var utskämd inför alla människor. I denna stund skrattade de åt honom i hela kvarteret. Men han lovade sig, att de skulle få sluta upp att skratta. Han skulle nog finna igen sin hustru, och då skulle han göra henne lika olycklig, som han var själv, och dubbelt till. Han skulle allt lära henne hur det känns att frysa ända in i hjärtrötterna, som han nu gjorde.

Det var den enda lindring han kunde skaffa sig, att han tänkte på hur han skulle straffa henne, då han fann henne. Sedan har han i tre års tid gått och sökt henne och hela tiden närt sitt hat med tanken på vad hon har gjort mot honom, så att det har blivit till en förbrytelse utan mått. Han har gått ensam på ödsliga vägar, och under tiden har hatet och hämndlusten växt sig allt större. Han fick gå och söka så länge, att han riktigt hann att tänka ut hur han skulle pina henne, om de bleve återförenade.

Den lilla slumsystern har tegat allt hittills, men med livligt minspel har hon följt med berättelsen. Nu avbryter hon den mörka gestalten med ängslig röst:

- O nej, säg ingenting mer! Det blir så förfärligt. Hur ska jag kunna stå till svars för det jag gjorde? Ack, ack, om jag inte hade fört dem samman! Hans synd hade inte blivit så stor, om inte jag hade varit.

- Nej, jag ska ingenting mer säga, svarar körkarlen. Jag vill ju bara, att du ska förstå, att det inte tjänar något till, att du ber om uppskov.

- Å, men jag ville! utbrister hon i själsångest. Jag kan inte dö, jag kan inte! Ge mig bara några ögonblick! Du vet ju, att jag älskar honom. Jag har aldrig älskat honom som i dag.

Vålnaden borta vid dörren rycker till. Alltmedan syster Edit och körkarlen har talat med varandra, har han betraktat henne. Varje hennes ord har han sugit i sig och varje hennes ansiktsuttryck för att minnas dem evigt. Allt, vad hon har sagt, även då hon har varit som mest hård mot honom, har varit ljuvt att höra, all hennes ångest och medkänsla, då Georges berättade hans historia, har helat hans sår. Han vet knappt ännu namn på det, som han känner för henne. Han vet bara, att av henne kunde han tåla allt. Han vet, att detta, att hon älskar honom sådan, som han har varit, honom, som har fört döden till henne, är något övermänskligt härligt. För varje gång, som hon säger, att hon älskar honom, känner hans själ en hänryckning, som han aldrig har trott möjlig. Han anstränger sig att dra körkarlens uppmärksamhet till sig, men denne ser inte åt hans håll. Då försöker han resa sig upp, men han tumlar tillbaka under outsägliga smärtor.

Han ser hur slumsystern rör sig i bädden ängsligt och oroligt. Hon sträcker sina sammanknäppta händer i bön mot Georges, men dennes ansikte är strängt och obevekligt.

- Jag skulle ge dig uppskov, om uppskov kunde gagna dig, säger han till henne. Men jag vet, att den mannen har du ingen makt över.

Därmed böjer körkarlen sig ner för att uttala de ord, som befriar själen ur det kroppsliga höljet.

Då, i detta ögonblick, kommer en mörk gestalt krypande utmed golvet fram till den döende. Med en oerhörd ansträngning och till priset av en smärta, vars make han aldrig har kunnat ana, har han slitit sina bojor för att kunna nå fram. Han tror själv, att han ska bli straffad genom dessa smärtors utsträckning i oändlig tid, men syster Edit ska inte vänta och längta förgäves, då han finns där i samma rum. Han har smugit sig fram på andra sidan sängen, där hans fiende, Georges, inte kan se honom, och han når så långt, att han kan fatta en av hennes händer.

Så omöjligt det än är för honom att utöva det minsta tryck på denna hand, så förnimmer hon ändå hans närvaro, och med en hastig rörelse vänder hon sig mot David Holm. Hon ser honom där vid sin sida knäböjande, ja, än mer, med ansiktet tryckt mot golvet, inte vågande att se upp mot henne, endast med den handen, som omfattar hennes, meddelande henne sin kärlek, sin tacksamhet, sitt hjärtans begynnande uppmjukelse.

Då far över hennes ansikte en den saligaste glans av lycka. Hon ser upp till sin mor, till de två vännerna, som hon inte förrän nu har haft tid att ge ett ord till farväl, för att vinna deras medkänsla för det härliga, som har hänt henne. Hon pekar med den lediga handen neråt mot golvet, för att de måtte se och dela den oändliga glädjen, att David Holm ligger botfärdig, ångerfull vid hennes fötter. Men i detsamma böjer sig den svartklädde fram mot henne och säger:

- Du fånge, du älskliga, kom ut ur ditt fängelse!

Då kastar hon sig tillbaka på kudden, och livet lämnar henne med en suck.

I samma ögonblick ryckes David Holm bort. Dessa band, som han inte kan se, endast känna, knyter sig på nytt kring hans armar, medan hans fötter får förbli fria, och Georges låter honom veta med en vredgad viskning, att han skulle ha blivit straffad med oändliga kval, om det inte hade varit för deras gamla vänskaps skull.

- Kom nu med härifrån! fortsätter han. Vi två har ingenting

här att beställa. De, som ska ta emot henne, är komna.

Han släpar ut David Holm med omilt våld. Denne tror sig se, att rummet helt hastigt har fyllts av ljusa gestalter. Han tycker sig möta dem i trappan och på gatan, men han föres bort i sådan svindlande fart, att han ingenting hinner urskilja.

VII

David Holm ligger åter nervräkt på dödskärrans botten, vred, inte bara på hela den omgivande världen, utan också på sig själv. Vad var det för ett vansinne, som nyss hade kommit över honom? Varför hade han kastat sig till syster Edits fötter som en ångerfull och botfärdig syndare? Georges måtte visst skratta åt honom. En riktig karl bör kunna stå för sina gärningar. Han vet ju varför han har begått dem. Han ska inte rusa åstad och slunga allt sitt eget över bord bara därför, att en flickunge säger, att hon är kär i honom.

Vad var det, som hade kommit över honom? Var det kärlek? Men han var död. Hon var död. Vad skulle detta vara för slags kärlek?

Den halta hästen har åter satt sig i rörelse. Den trampar nu en av utfartsgatorna. Det bär utav bort från staden. Husen blir allt glesare, och gatlyktorna står på långa avstånd. Man kan se fram till stadsgränsen, där de alldeles upphör.

Alltsom de nalkas den sista lyktstolpen, gripes han av ett slags bedrövelse, av en oförklarlig ängslan för att avlägsna sig från staden. Han känner, att han nu föres bort från något, som han aldrig hade bort lämna.

Och i samma ögonblick, som han erfar denna ängslan, hör han genom allt kärrans obeskrivliga gnissel och skrammel ljudet av talande röster bakom sig. Han höjer huvudet för att lyssna.

Det är Georges, som är i samtal med någon, som tycks åka med dem i kärran, en passagerare, som han inte har märkt förrän nu.

- Nu får jag inte följa med längre, säger en mild röst, som är så förkvävd av sorg och smärta, att den är nätt och jämnt hörbar. Jag hade så mycket att säga honom, men han ligger här vred och ond, och jag kan varken göra mig sedd eller hörd av honom. Du får väl bära till honom min hälsning, att jag har varit här för att råka honom, men från denna stund tas jag bort och får inte mer visa mig för honom sådan, som jag nu är.

- Men om han gör bättring och ångrar sig? säger Georges.

- Du har själv sagt, att han ingen bättring kan göra, säger rösten med skälvande sorg. Du ska hälsa honom från mig, att jag trodde, att vi evigt skulle höra samman, men nu, från denna stund, får han aldrig se mig mer.

- Men om han kan försona sina onda gärningar? säger Georges.

- Du vill väl hälsa honom från mig, att längre än hit fick jag inte följa honom, klagar rösten, och bjuda honom mitt farväl.

- Men om han kan omskapa sig och bli en annan? säger Georges.

- Du må hälsa honom, att jag alltid ska älska honom, säger rösten med en klang av än större vemod än förut, något annat hopp har jag inte att ge honom.

David Holm har rest sig på knä på kärrbottnen. Vid dessa ord gör han ett häftigt bemödande och står där plötsligen upprest till sin fulla längd. Han griper efter något, som fladdrar bort mellan hans bundna händers osäkra grepp. Han har inte hunnit att klart urskilja det, men det lämnar efter sig ett intryck av något skimrande ljust, av aldrig anad skönhet.

Han vill slita sig lös och skynda efter den flyende, men nu hindras han därifrån av något, som lamslår honom mer än bojor och band.

Det är kärleken, andarnas kärlek, den, av vilken jordiska människors kärlek endast är en svag efterlikning, som nu igen, liksom nyss förut vid dödsbädden, överväldigar honom. Den har långsamt genomglödgat honom, liksom en eld, som är under antändning, långsamt genomglödgar veden. Knappast vet man om dess verk, men den sänder dock ut en hastig flamma en och annan gång för att visa, att den är på väg att försätta alltsammans i full låga. En sådan snabb flamma är det, som nu har strålat upp inom honom. Inte lyser den med full klarhet, men dess ljus är tillräckligt, för att han ska se den älskade så härlig, att han måste sjunka ner, slagen av maktlöshet, kännande, att han inte vågar, inte vill, inte uthärdar att närma sig henne.

VIII

Körkarlens kärra for framåt i djupt mörker. På båda sidor stod tät och hög skog, vägen var så trång, att ingen himmel kunde urskiljas. Här tycktes hästen röra sig långsammare än annars, gnisslet från hjulen blev nu mer skärande, tankarnas räfst i själen strängare, den hopplösa enformigheten större än på andra ställen. Mittunder detta drog Georges in tömmarna, så att gnisslet för ett ögonblick upphörde, och utropade med högt klingande röst:

- Vad är all pina, som jag lider, vad är all pina, som väntar mig, att förlikna mot detta, att jag inte mer är i ovisshet om det enda, som är av vikt att veta? Jag tackar dig, Gud, att jag är utkommen ur jordelivets mörker. Jag lovar och prisar dig i allt mitt elände, därför att jag nu vet, att du har givit mig det eviga livets gåva.

Färden började på nytt med skakande och gnissel, men körkarlens ord dröjde länge i David Holms öron. Det var första gången, som han kände en smula medlidande med sin kamrat. "Han är en tapper man", tänkte han. "Han klagar inte, fastän det inte finns något hopp för honom att slippa bort från sin syssla."

*

Det blev en lång resa, detta, en, som aldrig tycktes ta något slut.

När de hade farit så lång tid, att David Holm antog, att de hade varit på väg i minst ett dygn, kom de till en vid slätt, som överskyggades av en himmel, som inte längre var mulen, utan klar, och där en blank halvmåne hade glidit upp alldeles mittemellan de tre vise män och sjustjärnorna.

Med krypande långsamhet färdades den halta hästen över slätten, och då den äntligen hade överskridit den, såg David Holm upp till månskivan för att få reda på hur långt den hade hunnit. Då märkte han, att den inte alls hade flyttat sig, och började undra över detta.

De for vidare. Med långa mellanrum kastade han en blick upp till himlen och såg då, att månen alltjämt inte rörde sig från sin plats mellan de tre vise män och sjustjärnorna, utan förblev stilla.

Han kom då att tänka på att fastän han tyckte, att de redan hade rest så länge som ett dygn, så hade det dock inte skett någon växling från natt till morgon, inte från dag till afton, utan samma natt hade rått hela tiden.

I timmar och timmar, såsom det föreföll honom, for de nu framåt, men på himlens stora urtavla flyttade sig ingen av visarna, utan allt förblev på samma plats.

Han skulle ha trott, att världen hade stannat i sin gång, om han inte hade kommit att påminna sig vad Georges hade sagt honom om att tiden tänjdes ut och tänjdes ut, för att körkarlen skulle hinna att färdas till alla de ställen, dit han borde hinna. Han förstod med bävan, att detta, som för honom drogs ut till dagar och dygn, inte torde vara mer än ett par korta minuter efter människors tidräkning.

I sin barndom hade han hört talas om en man, som hade gästat de saliga i deras boningar. När den mannen hade kommit tillbaka, hade han sagt, att hundra år i Guds himmel hade gått lika fort som en dag på jorden.

Men för den, som körde dödskärran, blev kanske en enda dag likaså lång som hundrade år på jorden.

På nytt erfor han en smula medkänsla med Georges. "Det är inte underligt, att han längtar att bli avlöst", tänkte han. "Det har varit ett långt år för honom."

*

Medan de körde uppför en hög backe, fick de syn på en människa, som färdades ännu långsammare än de själva och som de alltså var i stånd att hinna upp.

Det var en gammal gumma, krokig och bräcklig, som släpade sig framåt med hjälp av en stadig käpp, och trots sin stora svaghet bar på ett knyte så tungt, att det alldeles drog ner henne åt ena sidan.

Det föreföll, som om den gamla hade haft förmågan att se dödskärran, ty hon gick åt sidan för den och stod stilla vid vägkanten, då den kom mittför henne.

Sedan skyndade hon på sina steg något litet, så att hon kunde hålla sig jämsides med kärran, och under tiden gick hon och granskade den för att ta reda på vad det var för ett slags åkdon.

I det klara månskenet blev det inte länge fördolt för henne, att hästen var en gammal enögd stackare, att seldonen var hopfästade med vidjor och snörstumpar och att kärran var sönderkörd och i ständig fara att tappa båda sina hjul.

- Det är besynnerligt, att någon kan ge sig till att fara omkring med ett sådant åkdon och en sådan häst, mumlade gumman för sig själv, utan tanke på att de resande kunde höra henne. Jag tänkte, att jag skulle ha bett att få åka med en bit, men den här hästen har tillräckligt göra med att släpa fram sig själv, och kärran skulle braka sönder, om jag stege opp i den.

Men knappt hade hon sagt detta, förrän Georges lutade sig fram över kärrkarmen och började berömma sitt åkrede.

- Å, sade han, den här kärran och hästen är inte så dåliga, som ni tror. Jag har kört fram med dem över brusande hav, där vågorna har gått höga som hus och stora skepp gick i sank, utan att jag har vält omkull.

Gumman blev litet förbluffad, men hon tänkte, att det var en skämtsam körkarl, som hon hade råkat på, och hon var inte sen att ge svar på tal.

- De är kanske sådana, att de reder sig bättre på de brusande haven än här på land, sade hon, för här tycker jag nog att det ser ut, som de skulle ha litet krångligt att ta sig fram.

- Jag har kört genom stupande gruvschakt rätt ner i jordens innandöme, sade körkarlen, utan att hästen har snavat, och jag har åkt fram med den genom brinnande städer, där det har varit som i en masugn med eld på alla sidor. Ingen brandsoldat har vågat sig så långt in i eld och rök, som den här hästen har gått utan att skygga.

- Ni tycker om att göra er lustig över en gammal människa, körkarl, sade gumman.

- Jag har ibland haft ärende opp på de högsta berg, där det inte fanns banad stig, fortfor körkarlen, men hästen har klättrat oppför fjällväggar och vågat sig fram över avgrunder, och kärran har hållit, fastän marken på sina ställen inte har varit annat än en bred ström av stenblock. Jag har farit över träsk, där det inte fanns så stadig tuva, att den kunde bära ett barn, och snö, som har legat i manshöga drivor, har inte kunnat hejda mig, så att jag tycker inte, att jag kan klaga på mina don.

- Ja, om det är så, som ni säger, så undrar jag inte på att ni är nöjd, sade gumman och höll med honom. Ni är väl själv en riktig storkarl, ni, som har ett så präktigt åkrede.

- Jag är den starke, som har makten över människors barn, svarade körkarlen, och hans röst blev fulltonig och allvarlig. Jag betvingar dem, vare sig de bor i höga salar eller i eländiga källarhålor. Jag ger friheten åt slavarna, och jag rycker ner kungarna från deras troner. Det finns ingen borg så mäktig, att inte jag bestiger dess mur. Det finns ingen kunskap så djup, att den kan sätta en damm för min framfärd. Jag slår de trygga, bäst de solar sig i lycka, och jag skänker arv och egendom åt de elända, som har försmäktat i fattigdom.

- Var det inte det jag trodde, sade gumman skrattande, att jag hade råkat ihop med storfolk! Men eftersom du är så mäktig och har ett så präktigt åkdon, så kanske du också kunde låta mig åka en bit? Jag ämnade mig till en av mina döttrar på nyårsafton, men jag har råkat vilse, och jag tror, att jag får gå på landsvägen hela natten, om du inte vill hjälpa mig.

- Nej, det ska ni inte be mig om, sade körkarlen. Ni går allt bättre på landsvägen, än ni åker i min kärra.

- Ja, det kan jag ge dig rätt i, sade gumman. Jag tror nog, att din häst skulle stupa, om den finge mig att dra på. Men jag vill åtminstone sätta opp mitt knyte här bak i kärran, så mycket tycker jag att du kunde hjälpa mig med.

Utan att vidare fråga om lov lyfte hon hastigt upp knytet och satte ner det på kärrbottnen. Men som om hon skulle ha satt ner det på bolmande rök eller drivande dimma, så sjönk det utan minsta uppehåll till marken.

Med detsamma måtte hon ha förlorat makten att se kärran, för hon blev stående rådvill och darrande på vägen utan att göra något mer försök att ge sig i språk med körkarlen.

Men detta samtal gav David Holm än ytterligare en smula medkänsla med Georges. "Han har visst haft åtskilligt att gå igenom", tänkte han. "Jag kan inte undra på att han har blivit förändrad."

IX

Körkarlen har fört David Holm in i ett rum med höga, men förgallrade fönster, nakna, ljusa väggar utan minsta prydnad och några stycken sängar utmed ena väggen, av vilka dock endast den ena är upptagen. En svag lukt av medikamenter slår emot honom, en man i en fångkonstapels uniform sitter bredvid sängen, och han förstår, att han har kommit in i sjukrummet på ett fängelse.

En liten elektrisk lampa lyser i taket, och i dess sken ser han, att i sängen ligger en ung sjukling med ett vackert, men avtärt ansikte. Knappt har han kastat en blick på fången, förrän han glömmer, att han nyss har känt sig mildare stämd mot Georges. Nu är han färdig att kasta sig över honom med sitt förra ursinne.

- Vad har du här att göra? bryter han ut. Om du gör något åt honom, som ligger där i sängen, så är vi fiender för evigt, så mycket du det vet.

Körkarlen vänder sig mot honom med en blick, som snarare är medlidsam än bestraffande.

- Jag förstår nu vem det är, som ligger där, David. Jag visste det inte, då vi kom in hit.

- Om du visste det eller inte, Georges, det gör detsamma, bara du begriper…

Han avbryter med ens. Georges har endast gjort en befallande rörelse med handen, och han nedsjunker i tystnad, betvingad av en oemotståndlig fruktan.

- För oss båda finns bara undergivenhet och lydnad, säger körkarlen. Du har ingenting att önska eller fordra, endast att i stillhet vänta på upplysning.

Härmed drar Georges sin hätta djupt ner över ansiktet, till ett tecken att han inte vidare vill växla ord med honom, och i den tystnad, som nu infaller, märker David Holm, att den sjuka fången har börjat tala med sin vårdare.

- Tror konstapeln, att jag ska kunna bli människa igen? frågar han med en svag, men visst inte missmodig eller bedrövad röst.

- Bevars ja, vad Holm det kan, säger konstapeln vänligt, fastän med en liten osäkerhet i tonen. Holm får bara lov att krya opp sig lite och bli av med febern.

- Konstapeln vet nog, att det inte var febern, som jag tänkte på, säger den sjuke. Jag undrar om konstapeln tror, att jag kan komma mig opp igen. Det är inte så lätt, när man har varit straffad för dråp.

- Det går nog bra för Holm, som har någon att komma till, svarar fångvaktarn. Holm har åtminstone sagt, att det finns ett ställe, där Holm blir mottagen.

Den sjuke får ett vackert leende över ansiktet.

- Hur tyckte doktorn att det var med mig i kväll? sade han.

- Ingen fara, Holm, ingen fara. Doktorn säger jämt så här: "Om jag bara hade honom utom de här murarna, så skulle jag snart få honom på benen igen."

Fången böjer bröstet och suger in luft mellan tänderna.

- Utom de här murarna, ja, mumlar han.

- Jag talar bara om vad doktorn brukar säga till mig, fortsätter konstapeln, men Holm får inte ta honom på orden, så att Holm ger sig i väg ifrån oss, såsom Holm gjorde i höstas ett år sedan. Det gör bara, att det drar längre ut på tiden, förstår Holm.

- Konstapeln behöver inte vara rädd. Jag är allt klokare än så numera. Nu tänker jag bara på att få snart slut på det här. Sedan blir det att börja ett nytt liv.

- Ja, det har Holm rätt i, ett nytt liv blir det, säger vaktaren med något högtidligt i tonen.

David Holm sitter under tiden och våndas värre än den sjuke.

- De har låtit honom smittas av sjukdomen här i fängelset, mumlar han, medan han för kroppen fram och tillbaka i ångestfull vaggning. Och nu är han förstörd, han, som var så vacker, så stark och så glad!

- Har konstapeln inte..., börjar den sjuke, men då han i detsamma uppfångar en lätt rörelse av otålighet hos sin vårdare, frågar han hastigt: Kanske att det är emot reglementet, att jag pratar?

- Nej, i natt får Holm prata så mycket Holm vill.

- I natt..., säger den sjuke eftertänksamt. Jaså, kanske därför att det är nyårsnatt?

- Ja, svarar konstapeln, just därför att det är ett gott nytt år, som börjar för Holm.

- Karlen sitter där och vet, att han ska dö i natt, klagar den sjuke fångens bror i sin maktlöshet. Det är därför, som han är så mild mot honom.

- Har inte konstapeln märkt, återtar fången sin avbrutna fråga, att det har blivit en förändring med mig efter den där flykten? Konstapeln har inte haft något besvär med mig sedan dess, eller hur?

- Holm har varit som ett lamm alltsedan, så att jag har inte något skäl att vara missnöjd. Men jag säger i alla fall som förut: Gör inte om det!

Den sjuke småler.

- Den där förändringen, säger han, har konstapeln inte undrat varpå den kunde bero? Kanske att konstapeln bara har trott, att det kom sig därav, att jag blev sjukare efter flykten?

- Ja, vi har väl tänkt något i den vägen.

- Men det är inte alls fördenskull, säger fången. Det kommer sig av något helt annat. Jag har aldrig vågat tala om det förut, men i natt skulle jag vilja berätta det för konstapeln.

- Nu är jag allt rädd för att Holm pratar för mycket ändå, säger konstapeln. Men när han ser, att den sjukes ansikte fördystras, fortsätter han vänligt: Ja, inte för att jag blir trött på att Holm pratar, men för Holms egen skull.

- Tyckte inte ni här på fängelset, att det var besynnerligt, att jag kom tillbaka självmant? säger den sjuke. Ingen hade den minsta reda på var jag fanns, utan jag gick opp på länsmanskontoret och anmälde mig av egen fri vilja. Varför tror konstapeln att jag bar mig så besynnerligt åt?

- Vi tänkte förstås, att Holm hade fått slita så ont, att han tyckte det var bättre att anmäla sig godvilligt.

- Det var nog sant, att jag hade farit illa de första dagarna. Men jag hade ju varit borta i hela tre veckor. Trodde ni alla, att jag hade bott ute i villande skog hela den tiden, och det mitt i vintern till?

- Vi var väl tvungna att tro det, eftersom Holm sa, att det var så.

Fången ser ut att ha alldeles ofantligt roligt.

- En får ju lov att inbilla höga överheten sådant där ibland, för att inte de, som har hjälpt en, ska komma i klistret. En kan inte stå till svars med annat, förstår konstapeln. De, som har haft mod att ta emot en rymmare och vara goda mot honom, dem får man lov att söka hjälpa, så gott man kan. Det tycker nog konstapeln också.

- Nu frågar allt Holm mer, än Holm kan få svar på, säger vaktaren med samma långmodighet, som han har visat hela tiden.

Den fångna unga mannen drar en djup suck av längtan.

- Om jag bara kunde stå ut, tills jag finge komma dit igen! Det var ett folk, som bodde just i skogsbrynet.

Han avbryter sig och ligger och kämpar för att få luft. Konstapeln ser oroligt på honom. Han griper efter en medikamentsflaska, men då han ser, att denna är tom, reser han på sig.

- Jag får lov att hämta litet mer av det där, säger han och lämnar rummet.

Ögonblicket därefter sitter körkarlen på hans plats bredvid sängen. Han har ställt lien så, att den sjuke inte kan se den, och har kastat kapuschongen tillbaka.

David Holm bryter ut i jämmer nästan som ett klagande barn, då han ser den förskräcklige så nära sin bror, men brodern själv visar ingen oro. Där han ligger i hög feber, märker han inte, att en nykommen har satt sig på stolen bredvid honom, utan tror, att det är samma fångkonstapel, som han alltjämt har framför sig.

- Det var en så liten stuga, säger han, men flämtar av ansträngning mellan varje ord.

- Holm ska inte anstränga sig så där med att tala, säger körkarlen. Det, som Holm tänker på, känner höga överheten till punkt och pricka, men vi har inte velat låtsa om det.

Den sjuke spärrar upp ögonen i förvåning.

- Ja, Holm ser så stort på mig, säger körkarlen, men vänta, så ska Holm få höra! Tror inte Holm, att vi har reda på en karl, som en eftermiddag kom smygande in i en liten stuga - den sista i raden i en lång by -, där han trodde att ingen skulle vara hemma? Han hade legat länge i skogsbrynet och väntat på att husmodern skulle gå hemifrån, husbonden kunde han ju förstå var borta på arbete, och barn hade han inga sett till. Nu äntligen hade hustrun gått ut, med en mjölkkruka på ärmen, och karlen, som noga hade lagt märke till var hon gömt nyckeln, hade slunkit in i stugan.

- Hur vet konstapeln? säger den sjuke och vill sätta sig upp i bädden i sin överraskning.

- Ligg bara stilla, Holm, säger körkarlen med den största godmodighet, och bli inte rädd för sina vänner! Vi är väl människor, vi också, här vid fångvården. Nu ska jag säga honom vad jag mer vet. Jo, när den där karlen hade kommit in i stugan, blev han skrämd, därför att den inte var tom, som han hade trott. Det låg ett sjukt barn i en stor bred säng längst borta vid ena väggen och såg på honom. Han gick sakta bort emot det, men då slöt barnet ögonen och låg så still, som om det vore dött.

"Varför ligger du här mittpå dagen?" sade karlen. "Är du sjuk?" - Men barnet rörde sig inte. "Du ska inte vara rädd för mig", sa karlen. "Säg mig bara hur jag fortast ska få litet mat, så ska jag strax gå min väg!"

Då barnet låg orörligt och inte ville svara, drog den främmande ut ett strå ur sänghalmen och kittlade det under näsan.

Barnet tog till att nysa, och då kom karlen i skratt. Barnet såg först med stor förundran på honom, men så började det att skratta, det också. "Jag tänkte försöka låtsa, att jag var död", sa det. - "Jag såg det, men vad skulle det tjäna till?" - "Du har väl hört, att om du möter en björn i skogen", sa barnet. "så ska du kasta dig ner på marken och låtsa, att du redan är död. Då går björnen bort för att gräva en grop, som han kan lägga dig i, och under tiden kan du komma undan." - Mannen blev röd i ansiktet vid dessa ord. "Jaså, du trodde, att jag skulle gå och gräva gropen, där jag skulle stoppa ner dig?" sa han. - "Det var bara dumt av mig", sa barnet, "för jag kan i alla fall inte springa min väg. Jag har ont i höften, så att jag inte kan gå."

Den sjuka fången tycktes alldeles utom sig av förvåning.

- Kanske inte Holm vill, att jag ska berätta mer? frågar körkarlen.

- Jo, jag tycker om att höra det, jag tycker om att bli påmind om just det där. Men jag kan bara inte förstå...

- Å, det är inte så märkvärdigt heller, vet Holm. Det fanns en landstrykare, som hette Georges; honom har väl Holm hört talas om någon gång? Han fick höra historien på en av sina vandringar, och han har fört den vidare, så att den har kommit ända fram till cellfängelset.

Det uppstår en liten tystnad efter detta, men snart frågar den sjuke med sin svaga röst:

- Hur gick det sedan med den där karlen och det där barnet?

- Jo, det gick så, att karlen bad om mat än en gång. "Det händer väl ibland, att det kommer fattigt folk in i stugan här och ber om mat?" sa han. - "Ja, det händer visst, det", sa barnet. "Och mor brukar kanske också ge dem något?" - "Jo, om hon har något hemma, så ger hon dem." - "Ser du", sa karlen, "det är inte något annat, som det är fråga om nu heller. Det är bara en fattig, som har kommit in till dig och ber om mat. Säg mig var det finns något att äta, så ska jag inte ta mer, än att jag blir mätt!" - Barnet såg på honom med en lustig, småförståndig min. "Mor tänkte på denna rymmaren, som lär löpa omkring i skogen, och hon ställde allt undan maten och låste skåpen." - "Men du såg väl var hon la nyckeln, så att du kan tala om det för mig? Annars blir jag tvungen att bryta mig in." - "Det är nog inte så lätt", sa barnet. "Vi har duktiga lås för våra skåp."

Karlen gick runt hela stugan och sökte efter nycklarna. Han letade både på spiskransen och i bordslådan, men kunde ingenting finna. Barnet hade under tiden satt sig opp i sängen och tittat ut genom fönstret. "Här kommer folk på vägen: mor och en hel mängd andra", sa det. - Rymmaren stod i ett enda språng borta vid dörren. "Om ni springer ut, kommer ni rätt i gapet på dem", sa barnet. "Det vore bättre, att ni gömde er i vårt skåp." - Karlen dröjde vid dörren. "Det kan väl så vara, men jag har ju ingen nyckel till skåpet." - "Men det har jag!" sa barnet och sträckte fram en hand, som höll en stor nyckel.

Rymmaren tog nyckeln och sprang bort till skåpet. "Kasta nu hit nyckeln!" ropade barnet, när han öppnade skåpdörren, "och dra igen dörren inifrån!" Han lydde, och i nästa ögonblick stod han där innestängd.

Det var nog så, att hjärtat klappade i bröstet på den karlen, då han stod och lyssnade efter sina förföljare. Han hörde, att dörren slogs opp till det yttre rummet, och att en mängd folk kom in. En kvinnoröst skrek högt och gällt: "Har det varit någon här?" - "Ja", sa barnet. "Det kom in en karl, så snart som ni, mor, var gången." - "Herregud, herregud!" sa kvinnan och jämrade sig. "Det var detta de sa, att de hade sett honom komma ner ur skogen och gå in här!"

Rymmaren svor i tankarna över barnet, som förrådde honom. Den klipska ungen hade fångat honom som i en råttfälla. Han började skjuta på dörren för att rusa ut med full fart och kanske bryta sig igenom. Då hörde han, att någon frågade vart rymmaren nu hade tagit vägen. - "Nu är han inte mer kvar i den här stugan", sa den klara barnrösten. "Han blev rädd, då han fick se, att ni kom."

"Har han ingenting tagit?" frågade modern. - "Nej, han ville ha mat, men jag hade ingen att ge honom." - "Och inte gjorde han dig någonting heller?" - "Mig kittlade han under näsan med ett halmstrå", sa barnet, och rymmaren hörde hur det skrattade. - "Nej, gjorde han det?" sa modern och skrattade, hon med, efter all ångesten.

"Vi ska väl inte stå här längre och gapa oppåt väggarna, då han inte finns här", sa nu en mansröst, och strax därpå hördes det, att folk gick ut ur stugan. - "Jaså, ni stannar hemma nu, Lisa?" frågade någon. - "Jag går inte ifrån Bernhard mer i dag", svarade moderns röst.

Rymmaren hörde hur ytterdörren stängdes och kunde förstå, att modern och barnet nu var ensamma i stugan. "Hur ska det nu gå för mig?" tänkte han. "Ska jag stanna här eller försöka komma undan?"- I detsamma hörde han steg närma sig skåpet. "Bli inte rädd, ni, som står där inne, utan kom ut, så att jag får tala med er!" ljöd moderns röst. På samma gång satte hon nyckeln i låset och drog opp dörren. Karlen klev då ut helt försagd. "Det var han där borta, som sa åt mig, att jag kunde gömma mig här", sa han och pekade på barnet.

Gossen skrattade och var så uppspelt av äventyret, att han klappade händerna. "Den där blir så klipsk av att ständigt ligga stilla och tänka sina egna tankar", sa modern stolt. "Man kan snart inte reda sig med honom." - Rymmaren förstod, att hon inte skulle lämna ut honom, därför att gossen hade tagit sig av honom. - "Ja, det har ni visst rätt i", sa han. "Jag ska säga, att jag gick in här för att skaffa mig en smula mat, men jag har inte kunnat komma över något. Det här barnet ville inte ge mig nycklarna. Han är duktigare än mången, som kan gå på sina ben." - Modern begrep nog vad han ville vinna med sitt smicker, men hon hörde det gärna i alla fall. "Jag ska ge er litet att äta då för det första", sa hon.

Medan rymmaren åt, började gossen fråga ut honom om hans rymning, och han berättade alltsammans helt uppriktigt från början till slut. Det hade inte varit något överlagt, men han hade funnit ett tillfälle en gång, då han hade haft arbete nere på fängelsegården och porten hade blivit uppkastad, därför att man skulle köra in med ett par lass kol. Gossen frågade och frågade och kunde aldrig få nog av att höra hur han hade burit sig åt för att komma undan genom staden och sedan ut i skogen. Ett par gånger sa karlen, att han borde ge sig av, men det ville gossen inte höra talas om. "Ni kan ju likaså gärna sitta här i kväll och språka med Bernhard", sa husmodern till sist. "Det är så mycket folk ute och spanar efter er, så att ni blir nog tagen, antingen ni stannar eller smyger er bort."

Rymmaren satt där ännu och berättade, då husbonden kom in. Det var skumt i rummet, och torparen trodde först, att det var en av grannarna, som satt och språkade vid barnet. "Är det du, Petter, som sitter och berättar sagor för Bernhard?" sa han. - Barnet började åter skratta i sin uppspelthet. "Nej, far, det är inte Petter, det är mycket bättre än så. Kom hit, ska ni få höra!" - Fadern gick fram till sängen, men han fick ingenting veta, förrän han la sitt öra ner till gossens mun. "Det är rymmaren", viskade gossen. - "Bevars väl, Bernhard, så du kan prata!" sa fadern. - "Jo, det är sant", sa gossen. "Han har talat om för mig hur han smög sig ut genom fängelseporten och hur han har legat i en gammal timmerkoja i skogen i tre nätter. Jag vet alltsammans."

Modern hade i all hast fått en liten lampa tänd, och torparen såg nu bort till rymmaren, som hade gått och ställt sig nere vid dörren. "Jag får väl höra hur allt det här hänger samman", sa torparen. De började nu berätta, hustru och barn om varandra, båda lika ivriga. Torparen var en äldre man, som såg klok och betänksam ut. Han betraktade den rymda straffången noga, medan de andra pratade. "Han ser minst dödssjuk ut, den stackarn", tänkte han. "Om han ska ligga en natt till i timmerkojan, blir det visst slut med honom."

"Det är många, som går på landsvägen, utan att någon tänker på att fånga in dem, som ser farligare ut än ni", sa han, när de andra tystnade. - "Jag är väl inte så farlig heller", sa rymmaren, "men det var en, som retade mig, när jag var full." - Torparen ville inte, att han skulle säga mer om detta, så att gossen hörde det. "Jag kan tänka mig, att det gick till på det sättet", sa han avbrytande.

Det blev nu alldeles tyst i stugan. Torparen satt och funderade, och de andra såg ängsliga på honom. Ingen vågade vidare säga ett ord för att beveka honom. Till sist vände han sig till hustrun. "Jag vet inte om jag gör orätt, men det är med mig som med dig, att när gossen nu en gång har tagit sig av honom, så kan jag inte köra ut honom."

Det blev beslutat alltså, att rymmaren skulle få stanna över natten och gå i god tid nästa morgon. Men nästa morgon hade han så svår feber, att han inte kunde stå på sina ben. På det sättet nödgades de att ha honom kvar i stugan ett par veckor.

Det är märkvärdigt att se på de två bröderna, som lyssnar till denna historia, nu, då körkarlen har kommit så långt, att han berättar, att rymmaren blev kvar hos bondfolket. Den sjuke har sträckt ut sig i bädden till stilla ro. Hans plågor tycks ha lämnat honom, och han lever alltjämt i ett lyckligt förflutet. Den andre sitter ännu misstänksam, anande, att bakom detta döljer sig någon fälla. Han försöker gång på gång att göra tecken åt brodern att inte ligga så trygg, men han kan inte göra sig uppmärksammad av honom.

- Läkare vågade de inte hämta, fortsätter körkarlen att berätta, och inte heller tordes de gå till apoteket efter medikamenter. Den sjuke fick reda sig utan allt sådant. Om någon människa kom gående och tycktes ämna sig in i torparstugan, gick husmodern ut på förstubron och talade om, att Bernhard hade fått ett så besynnerligt utslag på kroppen. Hon var rädd för att det kunde bli scharlakansfeber. Och hon kunde inte stå till svars med att låta någon komma in i stugan.

Om ett par veckor, då rymmaren började hämta sig, sa han till sig själv, att nu gick det inte an för honom att längre stanna hos sitt värdfolk, utan nu måste han vandra vidare. Han kunde inte fortsätta att ligga de fattiga människorna till last.

Vid den tiden företog sig stugfolket att tala med honom om något, som han fann svårt och tungt. Det föll sig så, att Bernhard en kväll frågade honom vart han skulle ta vägen, då han lämnade dem. "Jag går väl ut i skogen igen", hade han då sagt. - "Vet ni vad? Det tjänar bra litet till att ni ger er ut i ödemarken", sa torparhustrun. "Om jag vore som ni, så skulle jag laga, att jag finge det klart med rättvisan. Det kan väl inte vara någon glädje att springa omkring så där som ett vilt djur." - "Det är väl just inte heller någon glädje med att sitta inne." - "Nej, men när det ändå ska gås igenom, så är det bättre att ha det överstökat ju förr ju hellre." - "Jag hade inte så lång tid kvar, när jag gav mig av", sa han, "men nu får jag det kanske tillökt." - "Ja, det var ett elände med den rymningen", sa hustrun. - "Nej", svarade rymmaren raskt. "Det var det bästa jag har gjort i hela mitt liv."

När han sa detta, såg han på gossen och smålog, och gossen skrattade och nickade åt honom. Han tyckte om det där barnet. Han skulle vilja lyfta det opp ur sängen och bära det med sig på sina axlar, när han drog därifrån. "Det blir nog svårt för er att få träffa Bernhard, om ni ska fortfara att gå omkring som en arm flykting i hela ert liv." - "Det blir väl än sämre med det, om jag låter dem stänga in mig."

Torparen satt vid elden, och han blandade sig nu i samtalet "Vi har börjat trivas bra med er", sa han på sitt eftertänksamma sätt, "men vi kan inte gömma undan er längre för grannarna, nu sedan ni har börjat att gå oppe. Det vore en annan sak, om ni vore ordentligt utskriven från fängelset." - Rymmaren fattade en hastig misstanke. De ville kanske förmå honom att utlämna sig själv för att slippa efterräkningar med rättvisan. Han svarade därför: "Jag är nog så frisk nu, att jag kan gå min väg i morgon dag." - "Det var inte det jag ville säga", svarade torparen, "men om ni hade varit fri, så skulle jag ha erbjudit er att stanna här hos oss och hjälpa oss med torpet."

Rymmaren visste hur svårt det är att få plats för den, som har undergått straffarbete, och han blev rörd över detta anbud, men det bar mycket emot att vända åter till fängelset, och han blev sittande tyst.

Den där kvällen var gossen sämre än vanligt. Skulle han inte till lasarettet och skötas?" frågade rymmaren. - "Han har varit där flera gånger, men de säger, att ingenting hjälper, förrän han får komma till de salta baden vid havet, och vem kan ha råd med sådant?" - "Det är väl en lång resa?" frågade den främmande. - "Det är inte bara resan. Hur skulle vi få pengar till mat och rum?" - "Nej, det är förstås omöjligt", sa han.

Han satt åter tyst en stund, men under tiden lekte tankarna med detta, att han kanske en gång skulle kunna skaffa Bernhard pengar till en badresa.

Han vände sig till torparen och tog själv opp det förra ämnet. "Det är inte så lätt att ta en straffånge i sin tjänst", sa han prövande. - "Det skulle nog gå bra", sa torparen, "men ni är kanske en sådan, som inte trivs på landet, utan nödvändigt ska vara i staden?" - "Jag tänker aldrig på staden, när jag sitter i cellen", svarade straffången. "Jag tänker bara på de gröna fälten och skogarna."

"När ni har stått ut ert straff, så kommer det att kännas, som om mycket, som nu trycker på sinnet, vore borta", sa torparen. - "Ja, det är just det jag säger", instämde torparhustrun.

"Om du kunde sjunga för oss, Bernhard, men du är kanske för dålig i kväll?" - "Å nej", sa gossen. - "Jag tror nog, att din vän skulle tycka om det", sa modern. Strafffången blev ängslig såsom för en olycka. Han ville be gossen låta bli att sjunga, men då hade denne redan börjat. Han sjöng med en mild och klar röst, och det var detta med honom, att man aldrig tänkte så mycket på att också han var en livstidsfånge, som längtade efter frihet och rörelse, som då han sjöng.

Straffången gömde ansiktet i händerna, men tårarna droppade ner mellan hans fingrar. "Jag, som ingenting själv kan bli, tänkte han, "jag får försöka göra något för att befria det här barnet."

Nästa dag tog han avsked och gick. Det var ingen, som frågade honom vart han ämnade ta vägen. De sa bara alla tre: "Välkommen igen!"

- Ja, det gjorde de, säger den sjuke, äntligen avbrytande körkarlen. Vet konstapeln, att det där är det enda vackra, som jag har varit med om i hela mitt liv. Han ligger tyst, medan ett par tårar sakta letar sig väg utför hans kinder. Jag är glad, att konstapeln vet det, fortsätter han. Nu kan jag tala med konstapeln om Bernhard... Jag tycker, att jag har varit fri... Jag tycker, att jag har varit där hos honom... Jag kunde inte tro, att jag skulle bli så lycklig i natt...

Körkarlen lutar sig nu långt fram över den sjuke.

- Hör på mig, Holm! säger han. Om jag kunde ställa så, att Holm finge komma till sina vänner nu genast, fastän på ett annat sätt, än Holm förut har tänkt sig det, vad skulle Holm då säga? Om jag erbjöde Holm att slippa de långa längtans åren och gjorde honom fri nu i denna natt, skulle Holm vara villig?

Medan körkarlen har sagt detta, har han dragit upp kapuschongen och fattat om lien.

Den sjuke ligger och ser på honom med stora ögon, som så småningom fylls av längtan.

- Förstår Holm vad jag menar? säger körkarlen. Förstår Holm, att jag är den, som kan öppna alla fängelser, att jag är den, som kan föra Holm bort till en flykt, där ingen förföljare kan nå honom?

- Jag förstår vad du menar, viskar den fångne, men vore det inte orätt mot Bernhard? Du vet, att jag gick tillbaka hit, för att jag skulle bli fri på hederligt vis och kunna hjälpa honom.

- Du gav honom det största offer du kunde ge, säger körkarlen, och det är till lön därför, som ditt straff har blivit förkortat och den stora omistliga friheten redan bjudes dig. Du behöver inte mer tänka på honom.

- Ja, men jag skulle ha fört honom till havet, säger den sjuke. Jag viskade till honom, då vi skildes, att jag skulle komma tillbaka och föra honom till havet. Man får lov att hålla sitt löfte till ett barn.

- Du bryr dig då inte om att ta emot den friheten, som jag bjuder dig? säger körkarlen och reser på sig.

- Ack jo, ack jo! säger den sjuke ivrigt och fattar tag om hans kåpa. Gå inte! Du vet inte hur jag längtar. Om det bara funnes någon annan, som kunde hjälpa honom. Men han har ingen utom mig.

Han ser plötsligen upp med ett litet rop av glädje.

- Min bror David, han sitter ju där borta! säger han. Då är det ju ingen nöd. Jag kan be honom hjälpa Bernhard.

- Din bror David! säger körkarlen föraktligt. Nej, honom kan du inte be om att skydda ett barn. Du skulle veta hur han behandlar sina egna.

Han avbryter sig, för där sitter David Holm redan på sängens andra sida, lutad över sin bror, ivrig att kunna hjälpa honom.

- David, säger den sjuke, jag ser för mig gröna gräsmattor och fritt, öppet hav. Du förstår, David, att jag har suttit här så länge. Jag kan inte stå emot, när jag blir bjuden att följa med ut i friheten utan att göra något orätt med det. Men det är det där barnet. Du vet, att jag har lovat.

- Var inte orolig! säger David Holm med darrande röst. Det där barnet, de där människorna, som hjälpte dig, jag säger dig, att jag ska bistå dem. Gå du ut i friheten! Gå, vart du vill! Jag ska sörja för dem. Träd du lugnt ut ur ditt fängelse!

Vid dessa ord faller den sjuke tillbaka på kudden.

- Du sa dödens ord till honom, David, säger körkarlen. Kom härifrån! Det är tid för oss att gå. Den befriade ska inte mötas av oss, som lever i träldom och mörker.

X

"Om det vore möjligt att göra sig hörd i det här förskräckliga gnisslet och slamret, så ville jag säga Georges ett ord till tack för att han har hjälpt dessa två, syster Edit och min bror, i deras tyngsta ögonblick", tänker David Holm. "Jag vill inte göra honom till viljes i att avlösa honom i hans syssla, men jag ville gärna visa honom, att jag förstår hur han har bistått dem."

Knappt har han tänkt detta, förrän körkarlen drar in tömmarna och stannar hästen, alldeles som hade han förnummit hans tankar.

- Jag är bara en fattig stympare till körkarl, säger han. Ibland lyckas jag väl hjälpa någon, men lika ofta händer det, att jag misslyckas. Dessa två var lätta att frakta över gränsen, därför att den ena längtade så ivrigt till Guds himmel och den andre hade så litet, som band honom vid jorden. Vet du, David, fortfar han och anslår helt hastigt den gamla, kamratlika tonen, att mången gång, då jag har suttit här i kärran och lyssnat, så har jag tänkt för mig själv, att om jag bara kunde få ett säkert bud till människorna, så skulle jag vilja sända dem en hälsning.

- Det kan jag nog tänka mig, säger David Holm.

- Du vet, David, att det ingen sorg är att var skördeman, då åkern står full av mogen säd. Men om någon skulle vara tvungen att gå ut och meja ner arma växter, som inte vore mer än halvvuxna, det skulle han tycka vara ett grymt och otacksamt arbete. Den husbonden, som jag tjänar, han anser sig också för god till sådant och lämnar det alltsammans till mig, fattig körkarl.

- Jag har förstått, att det måste vara så, säger David Holm.

- Om bara människorna visste, säger Georges, hur lätt det är att hjälpa dem över gränsen, som har sitt arbete färdigt och sina plikter fyllda och banden nästan redan slitna, och hur svårt det är att befria den, som inte har något avslutat och fullkomnat och lämnar kvar där borta alla, som han älskar, så skulle de kanske vilja bemöda sig om att göra körkarlens arbete lättare.

- Hur menar du, Georges?

- Tänk på en sak, David! Så länge som du har varit med mig, har du knappast hört talas om mer än en enda sjukdom, och jag kan säga, att så har det varit med mig hela det här året. Det är därför, att den sjukdomen går fram bland den omogna säden, den säden, som det faller på min lott att skörda. Under den första tiden, som jag körde dödskärran, tänkte jag ständigt: Om bara den sjukdomen komme bort, skulle min syssla inte vara så tung.

- Var det detta du ville hälsa till människorna?

- Nej, David. Nu vet jag bättre än förr vad människorna förmår. De ska helt visst en gång besegra denna fiende med kunskapens och ihärdighetens vapen. De ska inte vila, förrän de har frigjort sig både från den och från alla de andra stora sjukdomarna, som fäller dem före mognaden. Det är inte på detta, som saken hänger.

- Hur ska de då kunna göra körkarlens arbete lättare?

- Människorna är så ivriga att ordna allt till det bästa för sig i deras värld, svarar Georges, att jag tror, att den dag ska komma, då fattigdom och dryckenskap och allt sådant elände, som förkortar livet, inte ska finnas mer; men det är inte sagt, att körkarlens syssla blir mindre mödosam fördenskull.

- Vad är det då du vill hälsa dem, Georges?

- Det är snart nyårsmorgon, David, och när människorna nu vaknar, tänker de först på det nya året och på allt, vad de önskar och hoppas att det ska ge dem, och sedan på hela sin framtid. Men då ville jag hälsa dem; att de inte ska önska sig älskogslycka eller framgång eller rikedom eller makt eller långt liv eller ens hälsa. Jag ville, att de skulle knäppa sina händer och samla sina tankar kring en enda bön:

Gud, låt min själ få komma till mognad, innan den ska skördas!

XI

Två kvinnor sitter fördjupade i ett samtal, som har varat i många timmar. Det avbröts en stund på eftermiddagen, när båda två var med om att fira en gudstjänst i frälsningsarméns lokal, men sedan har det återigen fortsatts. Hela tiden har den ena av kvinnorna ansträngt sig för att väcka hos den andra mod och förtröstan, men det förefaller, som skulle hon alltjämt vara mycket långt från detta mål.

- Vet fru Holm, säger hon, som försöker att trösta och uppmuntra, att så besynnerligt det kan låta, så tror jag, att ni hädanefter ska få det bättre än förr. Jag tror, att han nu har gjort sitt värsta. Detta var väl något, som han hade föresatt sig att göra för att utkräva den där hämnden, som han har hotat er med hela tiden, sedan ni blev återförenade. Men fru Holm förstår, att det är en sak för sig att en dag göra sig hård och säga, att barnen inte får föras bort, en annan sak är det att gå med en sådan mördartanke inom sig och genomföra den dag för dag. Det tror jag ingen kan stå ut med.

- Det är så snällt, att kapten söker trösta mig, säger hustrun. Men det märks, att hon inom sig tänker, att om frälsningskaptenen inte känner någon, som kan stå ut med något sådant, så vet hon en, som kan det.

Frälsningskaptenen ser ut, som skulle hon nu vara vid gränsen av sin förmåga att övertyga, men helt hastigt besluter hon sig för att göra ett nytt försök.

- Nu ska fru Holm lägga märke till en sak. Jag vet inte om det var en så stor synd, som fru Holm gjorde, när ni gav er åstad från er man för några år sedan, men jag förstår, att det var en försummelse. Då lämnade ni honom vind för våg, och det dröjde inte heller, innan de onda följderna visade sig. Men i år har fru Holm försökt att gottgöra. Nu har fru Holm handlat så, som det är Guds vilja att vi ska handla, och jag tror därför, att det nu måste bli en ändring till det bättre. Det var en stark storm, som var satt i rörelse, den kunde inte hejdas i ett slag, men det, som fru Holm och syster Edit har börjat, det är ändå ett verk av det goda slaget, och det ska bära det goda verkets frukter.

När frälsningskaptenen säger detta, är hon inte längre ensam med David Holms hustru. David Holm själv och hans kamrat Georges eller, kanske rättare sagt, deras vålnader har trängt in i rummet, medan hon talade, och har stannat nere vid dörren.

David Holm är inte mer bunden varken till hand eller fot. Han följer körkarlen utan att behöva tvingas, men då han nu märker vart han har blivit förd, uppstiger åter en häftig ovilja inom honom. Här skulle väl ingen dö. Varför då nödga honom att återse hemmet och hustrun?

Han ämnar just vända sig till Georges med en vredgad fråga, då denne ger honom ett tecken att hålla sig stilla.

David Holms hustru höjer huvudet, liksom uppmuntrad av den andras kraftiga övertygelse.

- Den som ända kunde tro, att det vore sant! suckar hon.

- Det är sant, säger salvationisten och ler mot henne. I morgon dag blir här ändring. Fru Holm ska få se, att hjälpen kommer med det nya året.

- Det nya året, upprepar kvinnan. Ja, det är ju nyårsnatt, det hade jag så när glömt bort. Hur sent kan det vara, tror kapten Andersson?

- Vi är långt inne på nyåret redan, säger den tillfrågade och ser på sin klocka. Det fattas en kvart i två.

- Men då ska kapten inte sitta längre hos mig, säger kvinnan. Kapten måste gå hem och lägga sig. Jag är så lugn nu, ser kapten.

Frälsningskaptenen ger henne en prövande blick.

- Det är nog inte så riktigt helt med det där lugnet, säger hon.

- Kapten ska vara alldeles trygg för mig, säger hustrun. Jag vet allt, att jag har sagt svåra saker i natt, men det är över nu.

- Tror fru Holm, att ni kan lägga alltsammans i Guds hand och lita på att han styr allt till det bästa? frågar salvationisten.

- Ja, säger kvinnan, det kan jag.

- Jag skulle gärna ha stannat ända till morgonen, men jag ser, att fru Holm tycker bäst om, att jag går.

- Det har allt varit så gott att ha haft kapten här, men nu kommer han snart, och då är det bättre, att jag är ensam.

De går ut efter ännu några växlade ord, båda två. David Holm förstår, att hustrun följer frälsningskaptenen till porten för att öppna den för henne.

- David, säger körkarlen, hörde du henne? Märker du, att människorna vet allt, vad de måste veta? De behöver endast styrkas i lusten att vilja leva väl och länge.

Han har knappt sagt detta, förrän hustrun kommer in igen. Det märks, att hon ämnar hålla ord och gå och lägga sig. Hon sätter sig på en stol, böjer sig ner och börjar snöra upp en känga.

Medan hon sitter nedlutad, slår porten i med ett häftigt slag, och hon reser sig upp och lyssnar.

- Kommer han? säger hon. Det är nog han, som kommer.

Hon springer över golvet fram till fönstret och försöker se ner på den mörka gården. Där står hon kvar ett par minuter under andlöst spejande. Då hon åter vänder sig inåt rummet, är hennes ansikte förändrat på ett helt besynnerligt sätt. Det har blivit alldeles grått, ögon, läppar, alltsammans är som överhöljt med aska. Hennes rörelser har blivit stela och trevande, och ett svagt huttrande tränger över hennes läppar.

- Jag kan inte stå ut, viskar hon. Jag kan inte stå ut.

- Jag ska tro på Gud, säger hon och stannar mitt i rummet. De säger, att jag ska tro på Gud. De tror kanske, att jag inte har bett honom och kallat på honom. Vad ska jag göra, hur ska jag bära mig åt för att få någon hjälp av honom?

Hon gråter inte, men hennes tal är ett enda kvidande. Hon behärskas av en sådan förtvivlan, att hon tydligen inte är ansvarig för sina handlingar.

David Holm böjer sig fram, ser skarpt på henne och ryser till för en plötslig tanke.

Hustrun går inte, hon hasar och trevar sig fram genom rummet till bädden i hörnet, där hennes två barn ligger och sover.

- Det är synd, säger hon och böjer sig ner över dem, de är så vackra.

Hon sätter sig bredvid dem på golvet och ser länge först på den ena och sen på den andra.

- Men jag måste bort, säger hon, och jag kan inte lämna dem här efter mig.

Hon stryker tafatt och ovant över deras huvuden.

- Ni får inte bli onda på mig, säger hon, för det jag gör. Det är inte mitt fel.

Medan hon ännu sitter på golvet och smeker barnen, går det återigen i porten. Hon spritter till på nytt och förblir orörlig, tills så lång tid har förgått, att hon kan förstå, att det inte var hennes man, som kom in. Då får hon brått att resa sig.

- Jag måste skynda mig, säger hon till barnen i en hemlighetsfull viskning. Det ska snart vara gjort, bara han inte kommer och hindrar mig.

Hon företar sig ändå ingenting, utan går bara fram och tillbaka i rummet.

- Det är någonting, som säger mig, att jag ska vänta till i morgon, mumlar hon halvhögt, men vad skulle det tjäna till? I morgon är en dag som alla andra. Varför skulle han vara mildare då än idag?

David Holm tänker på det där döda, som ligger borta i kyrkpromenaden och som snart ska grävas ner i jorden såsom varande till intet annat nyttigt. Han nästan längtar efter att hustrun på något sätt ska få veta, att hon inte mer behöver vara rädd för honom.

Åter hörs ett svagt buller. Det är en dörr inne i huset, som öppnas och stänges, och på nytt darrar hustrun till och påminner sig vad det är för ett företag, som hon har i tankarna. Hon går hasande och huttrande fram till spisen och börjar lägga in ved för att tända upp eld.

- Det gör ingenting, om han kommer och får se, att jag gör upp eld, säger hon till svar på någon tyst invändning. Jag må väl kunna koka kaffe på nyårsmorgon för att ha något att hålla mig vaken med, medan jag sitter oppe och väntar på honom.

David Holm känner en mycket stor lättnad, när hon säger detta. Han börjar åter undra vad Georges har haft för mening med att föra honom hit. Här ska ju ingen dö. Här finns ingen sjuk.

Körkarlen står orörlig med kapuschongen djupt nerdragen. Han står så innesluten i sig själv, att David Holm förstår, att det inte skulle löna sig att göra honom några frågor.

"Han vill, att jag ska se de mina för sista gången", tänker han. "Jag kanske aldrig mer kommer i deras närhet."

- Det gör mig just ingen sorg, säger han i första ögonblicket och tycker sig inte ha rum i sitt hjärta för mer än en enda, men han går i alla fall fram till vrån, där de två barnen ligger. Medan han står där och betraktar dem, kommer han att tänka på gossen, som hans bror älskade så högt, att han för hans skull frivilligt gick tillbaka till fängelset, och han känner det som en saknad, att han inte kan älska sina barn på det sättet.

"Måtte det i alla fall gå dem väl i världen!" tänker han med plötslig vekhet. "De kommer att bli glada i morgon, när de får höra, att de inte mer behöver vara rädda för mig."

"Jag undrar vad det ska bli för människor av dem", tänker han med ett livligare intresse, än han någonsin förr har känt för dem, och erfar på samma gång en plötslig fruktan för att de ska bli sådana som han själv. "För jag har varit en bra olycklig människa", säger han.

"Jag vet inte", tänker han, "jag förstår inte varför jag inte förr har brytt mig om dem. Om det funnes en återvändo skulle jag vilja komma tillbaka för att göra folk av de här två."

Han blir stående och rannsakar sin hjärta.

- Det är besynnerligt, att jag inte mer känner något hat till henne, mumlar han. Jag skulle vilja, att hon kunde bli lycklig efter allt, vad hon har fått lida. Om det vore mig möjligt, skulle jag skaffa henne tillbaka hennes möbler, och jag ville se henne gå i kyrkan om söndagarna i fina kläder. Men hon får det ju bra nu, då jag är ur vägen. Jag tror, att Georges har fört mig hit, för att jag ska känna mig nöjd med att vara en av de bortgångna.

I detsamma rycker han häftigt till. Han har varit så fördjupad i sina tankar, att han inte har gett akt på vad hustrun har företagit sig. Men nu just uppger hon ett svagt litet rop av ångest.

- Det kokar, vattnet kokar, det är snart färdigt! Nu måste det ske, nu ges det inte något anstånd.

Hon tar ner en burk, som står på en hylla tätt vid spisen, och ur denna häller hon malet kaffe i kokaren. Sedan tar hon ur barmen fram ett litet paket med ett vitt pulver, som hon också lägger ner i vattnet.

David Holm står där och stirrar på henne utan att vilja fatta meningen med det, som hon företar sig.

- Du ska få se, att det räcker, David, säger hon och vänder sig utåt rummet, alldeles som om hon såge honom. Det förslår för både barnen och mig. Jag kan ju inte stå ut med att gå här och se på hur de tynar bort. Om du bara stannar ute någon timme till, så ska allt vara beställt, såsom du vill ha det, då du kommer tillbaka.

Nu står mannen inte längre stilla och lyssnar. Han har skyndat bort till körkarlen.

- Georges! säger han. O, herregud, Georges, hör du inte?

- Jo, David, säger körkarlen. Jag står här ju. Jag måste ju vara med om det. Jag sviker inte min plikt.

- Men du måtte inte förstå, Georges! Det är inte bara hon. Det är också barnen. Hon ämnar ta dem med sig.

- Ja, David, säger körkarlen. Hon ämnar ta dina barn med sig.

- Men det får inte ske, Georges! Det är ju onödigt. Kan du inte låta henne veta, att det är onödigt?

- Jag kan inte göra mig hörd av henne. Hon är för långt borta.

- Men kan du inte kalla hit någon, Georges, någon, som säger henne, att det är onödigt?

- Du begär orimliga ting, David. Vad har jag för makt över de levande människorna?

Men David Holm låter inte avskräcka sig, utan han kastar sig ner på knä framför körkarlen.

- Tänk på att du har varit min vän och kamrat förr i världen, och låt inte det här ske! Låt inte detta gå över mig! Låt inte de fattiga oskyldiga stackarna dö! Han ser upp på Georges för att få ett svar, men denne skakar endast nekande på huvudet.

- Jag ska göra allt, vad jag kan, för dig, Georges. Jag sa nej, då du befallde mig att bli körkarl efter dig, men jag tar emot tjänsten med glädje, bara jag slipper att gå igenom detta. De är så små, båda två, och jag stod just nu och önskade, att jag levde och finge göra folk av dem. Och hon, hon är ju förvirrad i natt. Hon vet inte vad hon gör. Ha barmhärtighet med henne, Georges!

När körkarlen alltjämt står orörlig och obeveklig, vänder han sig en smula ifrån honom.

- Jag är så ensam, så ensam, säger han. Jag vet inte vart jag ska vända mig. Jag vet inte om jag ska be till Gud eller Kristus. Jag är en nykommen i denna världen. Vem är det, som har makten? Vem kan säga mig vart jag ska gå med min bön?

O, jag fattig, syndig människa, jag ber till den, som är herre över liv och död. Jag är ingen, som det passar för att träda fram och be. Jag har visst brutit emot alla dina bud och pålagor. Men låt mig gå in i det yttersta mörkret! Låt ingenting bli kvar av mig! Gör vad du vill med mig, bara dessa tre blir skonade!

Han tystnar och lyssnar efter svar. Men han hör ingenting annat än hustrun, som talar för sig själv.

- Nu har det smält och kokat, nu behöver det bara stå och svalna en stund.

Då böjer sig Georges ner till honom. Hans kapuschong är tillbakakastad, och hans ansikte upplyses av ett leende.

- David, säger han, om du menar allvar, så finns det kanske

ännu en utväg att rädda dem. Du själv, David, måste låta din hustru veta, att hon inte behöver vara rädd för dig.

- Men jag kan inte göra mig hörd av henne. Eller kan jag det, Georges?

- Nej, inte sådan du nu är. Du måste återvända till den David Holm, som ligger i kyrkplanteringen. Förmår du det?

David Holm ryser till av skräck. Människolivet står för honom som något kvävande och dödande. Ska själens friska växt inte stanna av, om han åter blir människa? All hans lycka väntar honom i en annan värld. Men han tvekar inte ett ögonblick.

- Om jag kan, om jag är fri... Jag trodde, att jag måste...

- Ja, du har rätt, säger Georges, och hans ansikte börjar stråla allt skönare. Du måste bli Dödens körkarl under detta år, om inte en annan åtar sig att sköta tjänsten åt dig.

- En annan? säger David Holm frågande. Vem kan vilja uppoffra sig för en sådan stackare som jag?

- David, säger Georges, du vet, att det finns en man, som aldrig har upphört att sörja över att han har förlett dig att avika från de goda vägarna. Den mannen kanske vill sköta din syssla, i glädje över att han inte mer behöver sörja över dig.

Utan att ge David Holm tid att fullt förstå vad han menade, böjer han sig ner över honom och ser med härligt strålande ögon in i hans ansikte.

Gamle vän, David Holm, gör så gott du kan! Jag stannar här, tills du kommer tillbaka. Du har inte lång tid på dig.

- Men du, Georges,...

Körkarlen avbryter honom med den myndiga handrörelse, som han har fått lära sig att lyda. I detsamma kastar han kapuschongen över hjässan och säger med hög och klingande röst:

- Du fånge, träd åter in i ditt fängelse!

XII

David Holm höjde sig på armbågen och såg sig omkring. Alla lyktor var släckta, men det hade klarnat, och halvmånen lyste. Han hade ingen svårighet att förvissa sig om att han ännu låg kvar i kyrkplanteringen på den vissnade gräsmattan, som överskyggades av lindarnas svarta grenverk. Utan att betänka sig ett ögonblick började han att resa sig. Han kände sig oändligt matt, hans kropp var stel av kyla, och hans huvud svindlade, men han lyckades ändå att komma upp från marken. Därpå började han stappla framåt allén, men var så nära att falla, att han blev tvungen att stanna och stödja sig mot ett träd.

"Jag orkar inte", tänkte han. "Det blir mig omöjligt att komma fram i tid." Inte ett ögonblick hade han den känslan, att det, som han nyss hade genomgått, inte var verklighet. Han hade det fullaste och klaraste intryck kvar av nattens händelser.

"Jag har körkarlen stående i mitt hem", tänkte han. "Jag måste skynda mig."

Han lämnade det stödjande trädet och tog några steg framåt, men han var så ömkligen svag, att han sjönk ner på knä.

Då, i detta övergivenhetens ögonblick, kände han något vidröra sin panna. Han visste inte om det var en hand eller ett par läppar eller kanske endast en flik av en den lättaste klädnad, men det var nog för att hela hans varelse skulle genomilas av salighet.

- Hon har kommit tillbaka till mig! jublade han. Hon är mig nära återigen. Hon skyddar mig.

Han sträckte händerna uppåt i hänförelse över att den älskades kärlek omgav honom, i hänförelse över att kärleken till den älskade fyllde hans hjärta med sin ljuvhet även nu, då han hade återinträtt i det jordiska.

Han hörde steg bakom sig i den ödsliga natten. En liten varelse med huvudet dolt i en av frälsningsarméns stora hattar kom gående.

- Syster Maria! sade han, då hon höll på att gå förbi honom. Syster Maria, hjälp mig!

Slumsystern måtte ha känt igen rösten. Hon skyggade till och gick vidare utan att bry sig om honom.

- Syster Maria, jag är inte full. Jag är sjuk. Hjälp mig, så att jag kan komma hem!

Hon trodde honom väl knappast, men utan ett ord vidare gick hon fram till honom, hjälpte honom att resa sig upp och stödde honom, medan han gick.

Han var alltså än en gång på väg mot hemmet, men vad det gick långsamt! Allt kunde vara förbi hemma hos honom redan nu. Han stannade.

- Syster Maria, det vore en så stor hjälp, om syster Maria ville gå före hem och tala om för hustru min...

- Ska jag gå före och tala om, att Holm kommer hem full som vanligt? Det är hon väl inte så ovan vid.

Han bet ihop läpparna och gick tyst framåt, ansträngande sig till det yttersta för att öka farten, men hans kropp, som var förlamad av kyla, ville inte lyda honom.

Han gjorde snart ett nytt försök att förmå henne att skynda före honom till hans hem.

- Jag har legat och drömt, sade han. Jag har sett syster Edit dö. Jag har sett syster Maria vid hennes dödsbädd... Jag har också sett dem där hemma. Hon är inte vid sina sinnen i natt. Jag säger syster Maria, att om ni inte skyndar före mig, så gör hon sig något illa.

Hans tal kom svagt och avbrutet. Slumsystern svarade ingenting. Hon antog alltjämt, att hon hade en drucken att göra med.

Men hon hjälpte honom troget framåt. Han förstod, att det var en svår övervinnelse för henne att bistå den, som hon betraktade som ett redskap för syster Edits död.

Medan David Holm stapplade vidare, greps han av en ny

ängslan. Hur skulle han kunna göra sig trodd av henne där hemma, som var rädd för honom, då inte en gång syster Maria...

De stannade äntligen framför porten till gården, där han bodde, och slumsystern hjälpte honom att öppna den.

- Nu kan väl Holm reda sig själv, sade hon, färdig att gå.

- Det vore nog bra snällt, om syster Maria ville ropa åt henne där uppe, att hon kommer ner och hjälper mig.

Slumsystern höjde på axlarna.

- Vet Holm, att en annan natt skulle jag kanske ha passat opp Holm, men i natt har jag ingen lust. Det får vara nog nu.

Hennes röst dog bort i en snyftning, och hon skyndade från honom.

När han strävade uppför den branta trappan, tycktes det honom, att allt nu måste vara för sent. Och i alla händelser, hur skulle han kunna förmå hustrun att tro honom.

Medan han var nära att sjunka ner på trappstegen i mattighet och missmod, kände han åter den lätta smekningen över pannan. "Hon är mig nära", tänkte han. "Hon vakar över mig." Och han fick kraft att arbeta sig upp till översta trappsteget.

När han öppnade dörren, stod hustrun alldeles framför honom, liksom hade hon skyndat dit för att regla, så att han inte skulle kunna komma in. När hon såg, att hon hade kommit för sent, drog hon sig tillbaka upp mot spisen och blev stående med ryggen vänd åt den, alldeles som skulle hon där ha något, som hon ville gömma och försvara. Hon hade samma stela ansiktsuttryck, som då han gick, och han sade genast till sig själv:

- Hon har inte gjort det. Jag har kommit i tid.

Med en snabb blick bort till barnen förvissade han sig om att det verkligen var så.

- De sover ännu. Hon har inte gjort det. Jag har kommit i tid, sade han än en gång till sig själv.

Han sträckte ut sin hand åt den sidan, där Georges hade stått nyss förut. Han trodde sig märka, att en annan hand slog till och tryckte den.

- Tack! sade han lågt, men rösten skälvde, och en plötslig dimma lade sig över hans ögon.

Han vacklade fram i rummet och sjönk ner på en stol. Han såg hur hustrun följde hans rörelser, så som hon skulle ha gjort, om ett vilt djur hade kommit in i rummet. "Hon tror nog, att jag är full, hon också", tänkte han.

Det kom ny hopplöshet över honom, därför att han var så gränslöst trött och inte kunde få vila. Det fanns en säng i det inre rummet, och han längtade att få sträcka ut sig där och slippa att hålla sig upprätt, men han vågade inte gå dit in. Hustrun skulle göra det, som hon ville göra, så snart som han vände ryggen till. Han måste stanna uppe och vakta henne.

- Syster Edit är död, prövade han på att säga, och jag har varit hos henne. Jag har lovat henne, att jag skulle vara god mot dig och barnen. I morgon ska du få skicka dem till asylen.

- Varför ljuger du? sade hustrun. Gustavsson var här oppe och talade om för kapten Andersson, att syster Edit var död. Han sa, att du inte hade kommit till henne.

David Holm sjönk samman på stolen, och till sin egen stora förvåning började han att gråta. Det var det gagnlösa i hans återvändande till de tröga tankarnas, till de slutna ögonens värld, som tryckte ner honom. Det var den maktstjälande övertygelsen, att han aldrig skulle komma utanför den mur, som hans egna handlingar hade rest omkring honom. Det var längtan, längtan utan gräns att nu genast få förena sig med den själ, som omsvävade honom, men som dock var onåbar för honom, som framkallade hans tårar.

Medan den tunga gråten skakade honom, hörde han sin hustrus röst.

- Han gråter? sade hon för sig själv i en ton av obeskrivlig förvåning. Och om en stund upprepade hon detsamma: Han gråter! Hon gick från spisen och närmade sig honom med en viss ängslan.

- Gråter du, David? frågade hon.

Han lyfte mot henne sitt ansikte, som var översköljt av tårar.

- Jag vill bättra mig, sade han med sammanbitna tänder, så att man nästan kunde tro, att han var vred. Jag vill bli en bra människa, men ingen vill tro mig. Skulle jag inte gråta?

- Ser du, David, det är så svårt att tro, sade hon, ännu tveksam. Men jag tror dig, när du gråter. Nu tror jag dig. Liksom för att ge honom ett bevis på att hon trodde honom, satte hon sig ner på golvet vid hans fötter och stödde sitt huvud mot hans knä.

Hon satt stilla en stund, men snart började också hon att snyfta.

Han ryckte till.

- Gråter du nu också?

- Jag kan inte låta bli. Jag kan inte bli lycklig, förrän jag har fått gråta bort all sorgen inom mig.

I detsamma kände David Holm åter det lilla kyliga draget över pannan. Hans tårar upphörde och förbyttes i ett inåtvänt, hemlighetsfullt leende.

Han hade fullgjort det första, som hade blivit honom förelagt genom nattens händelser. Det återstod honom nu att hjälpa gossen, som hans bror hade älskat. Det återstod honom att visa sådana människor som syster Maria, att syster Edit inte hade haft orätt, då hon hade gett honom sin kärlek. Det återstod honom att lyfta sitt eget hem ur förfallet. Det återstod honom att överbringa körkarlens hälsning till människorna. Sedan, när allt detta var gjort, skulle han få gå till den älskade, efterlängtade.

Han satt där och kände sig oändligt gammal. Han hade blivit tålig och undergiven, som de gamla brukar vara det. Han vågade inte hoppas eller önska, han bara knäppte sina händer och framviskade körkarlens nyårsbön:

"Gud, låt min själ få komma till mognad, innan den ska skördas!"